신비로운 인간의 마음을 파헤치는

심리학 통이 되는 책

KITI 한국산업훈련연구소
Korea Industrial Training Institute

어서 오십시오!

당신을 심리학의 숲으로 초대합니다!

옮긴이의 말

아인슈타인에게는 천재성을, 베토벤에게는 창의성을, 그리고 히틀러에게는 야만적인 잔인성을 준 이 '마음' 이란 무엇일까?

볼 수도, 느낄 수도, 무게를 달 수도 없는, 그리고 해부하여 그 내부를 들여다 볼 수도 없는 '마음이라는 학문' 은 진정 아직도 일반인들이 접근하기 어려운 학문인가?

왜 인간은 지구로부터 수억 광년씩이나 떨어져 있는 은하계에 인공위성을 쏘아 보내는 엄청난 성과를 올리면서도, 정작 매일 부딪치는 주변 사람들의 심리를 알지 못하여 상처를 주거나 상처받고 괴로워하게 되는 것일까?

이런 궁금증에서 출발한 심리학에 대한 탐구 노력은 대부분 그 광범위함과 심오함으로 인하여 중도에 포기해 버리는 경우가 다반사입니다.

마침 일본의 유명한 출판사에서 발행한 *The Book of How to Get Psychology's Expert*라는 책을 접하게 됨으로써, 국내 독자들에게 좋은 심리학을 소개할 수 있게 된 것을 참으로 기쁘게 생각합니다.

심리학통이 되는 데 큰 도움이 될 이 책은 심리학 전반에 관한 이론과 알기 쉬운 예화 등을 통하여 쉽게 읽을 수 있다는 것이 큰 특징이라고 할 수 있습니다.

특히 심리학에 관심있는 분들에게는 심리학 전반에 관한 이해를 할 수 있다는 점에서 입문적인 성격을 가질 뿐만 아니라, 예화를 통해서 응용되는 부분도 함께 배운다는 점에서 일거양득의 효과를 얻을 수 있다고 자부합니다.

이 책을 읽어가면서 여러분은 인간에 대한 깊은 이해와 심리학의 작은 요소들의 통합을 통해서 깊은 신뢰를 발견하게 될 것입니다.

　이러한 좋은 책을 한국산업훈련연구소에서 출판하게 된 것을 참으로 기쁘게 생각합니다.

　이 책을 읽음으로써 늘 기쁘고 활기찬 생활이 되기를 바라며, 자기만을 돌아보던 직장과 일터에서 한 발자국 전진하여 남과 이웃을 사랑하는 세계가 되기를 진심으로 기원합니다.

1997. 7
옮긴이 신영백

마음이란 깊은 숲과 같은 것

'머리 속에 그토록 확실히 기억해 두었는데 왜 잊어버렸을까?'

'왜 이렇게 졸음이 오는 것일까?'

'내 성격은 도대체 어떻게 되어 있을까?'

'왜 그 말을 알아듣지 못했을까?'

'내가 왜 그런 짓을 했을까?'

여러분은 혹시 위의 예처럼 자기 자신을 의아하게 생각해 본 적이 없는가?

인간은 스스로 속시원히 밝혀낼 수 없는 궁금한 것들을 매우 많이 가지고 있다. 남의 일은 말할 것도 없거니와 자기 자신에 관해서도 알지 못하는 것이 지나칠 정도로 많다.

이처럼 인간이 지니고 있는 '불가사의'한 것을 하나하나 풀어 보려고 하는 것이 바로 심리학이라는 학문이다. 다시 말해 '인간이란 도대체 무엇인가' 라는 것을 과학적으로 탐구하는 학문을 말하는 것이다.

인간에 대한 의문점은 참으로 많이 있지만, 그 중에서도 가장 핵심이라고 할 수 있는 것이 '마음' 이다. 따라서 인간의 모든 행동, 모든 육체적인 변화를 더듬어 올라가 보면, 거기에는 반드시 마음이라는 것이 존재하고 있다. 그러므로 '마음' 을 연구해 가다 보면 인간이라는 정체를 조금이나마 이해할 수 있게 된다.

심리학은 신문이나 잡지, 책이나 TV 등을 통해 많이 다루어지고 있기 때문에 비교적 우리에게는 '친근한 학문' 이라고 할 수 있다.

그러나 실제로 학문이라는 영역에 속한 심리학(게임적인 요소가 있는 심리 테스트나 점술 따위는 진정한 의미의 심리학이라고 할 수 없음)에 발을 들여 놓게 된다면, 거기에 펼쳐지는 넓고도 깊은 세계를 의식하지 않을 수 없다. 예를 들어 'ㅇㅇ심리학' 이라는 것은 그 많은 심리학 중 극히 한 부분에 지나지 않으

며, 그것을 더욱 세분화, 전문화하여 파고내려가면 매우 다양하기 때문에 한마디로 심리학을 정의한다는 것은 매우 어려운 일이다.

이처럼 학문적인 정리가 어려운 이유는 심리학 자체가 인간이 관계하는 모든 분야에 개입되어 있기 때문이다. 그러므로 인간을 이해하려고 하면 할수록 그 분야가 넓어져 가는 것은 극히 당연하다고 할 수 있다. 즉, 인간은 그만큼 복잡한 존재라는 것을 말해주는 것이다.

인간이 이렇게 복잡하기 때문에 심리학도 복잡하고 그 전모를 파악하기가 힘들다고 할 수 있다. 예를 들어, 수학은 기초, 해석, 대수, 기하, 응용, 경제학은 미시(micro)경제학, 경제학사(經濟學史), 이론경제학, 노동경제학, 소비경제학 등으로 비교적 그 영역이 명확하게 구분되어 있지만, 심리학의 경우는 생리학처럼 뇌나 신경에 대한 이야기가 나오는가 하면, 교육학이나 통계학 같은 이야기가 튀어나오기도 한다. 따라서 조금만 방심해도 깊은 숲 속에서 길을 잃어 헤매게 되는 것이다.

이와 같은 이유로 심리학은 독일의 심리학자인 분트가 연구에 몰두한 이래 100년이라는 긴 세월이 흘렀지만, 아직까지 '유년기적 학문' 수준에서 벗어나지 못하고 있는 실정이다. 심지어 어떤 학자는 심리학은 아직 여명기를 벗어나지 못한 학문이라고까지 말하고 있다.

그렇다고 해서 심리학을 공부하려는 초보자들이 지나치게 염려할 필요는 없다. 다만 심리학에는 여러 가지 테마가 있다는 것을 명심할 필요는 있다. 간혹 '왜 이것이 심리학의 영역에 속하는 것일까?' 하는 의구심도 생길 것이다. 산에는 여러 종류의 나무가 있듯이 심리학에도 여러 가지 테마가 있다. 어쨌든 심리학에는 다음의 그림처럼 많은 영역과 분야가 있다는 것을 명심하기 바란다.

심리학 숲의 지도 (1)

〈심리학에는 어떤 분야가 있나?〉

이론심리학 (기초심리학)

1. 실험심리학

(연구방법의 실험) … 기초적인 것

- ▶ 지각심리학 ┐
- ▶ 학습심리학 ┘ → 인지심리학

2. 비교심리학

- ▶ 동물심리학 — 인간과 동물의 비교
- ▶ 발달심리학 — 연령에 의한 비교

3. 발달심리학

(비교분야에 들어가는 것도 포함)…인간연령의 발달

- ▶ 아동심리학 ┐
- ▶ 청년심리학 ┘ → 종래에는 어린이부터 어른까지의 발달
  ↓
- ▶ 생애발달심리학 ┐
- ▶ 노인심리학 ┘ → 최근에는 어린이부터 노인까지의 발달

4. 차이심리학

- ▶ 인성(성격)심리학 … 개인차
- ▶ 발달심리학 ┐
- ▶ 사회심리학 ┘ → 집단의 차
- ▶ 이문화간심리학 ┐
- ▶ 민족심리학 ┘ → 국가, 문화의 차

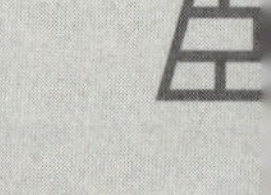

5. 이상심리학

정신병, 신경증, 수면상태, 꿈, 최면 등에 대한 연구

2 응용심리학

6. 교육심리학 … 학교교육(평가, 적응 등)

관련분야

▶ **학습심리학**

▶ **발달심리학**

7. 임상심리학 … 심리요법을 중심으로 치료

관련분야

▶ **이상심리학**

▶ **인격심리학**

8. 산업심리학 … 능률, 인간관계, 인사관리

관련분야

▶ **사회심리학**

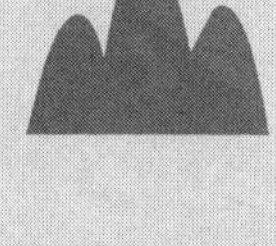

9. 범죄심리학 … 범죄의 예방, 교정

관련분야

▶ **이상심리학**

심리학 숲의 지도 (2)

〈심리학의 흐름〉

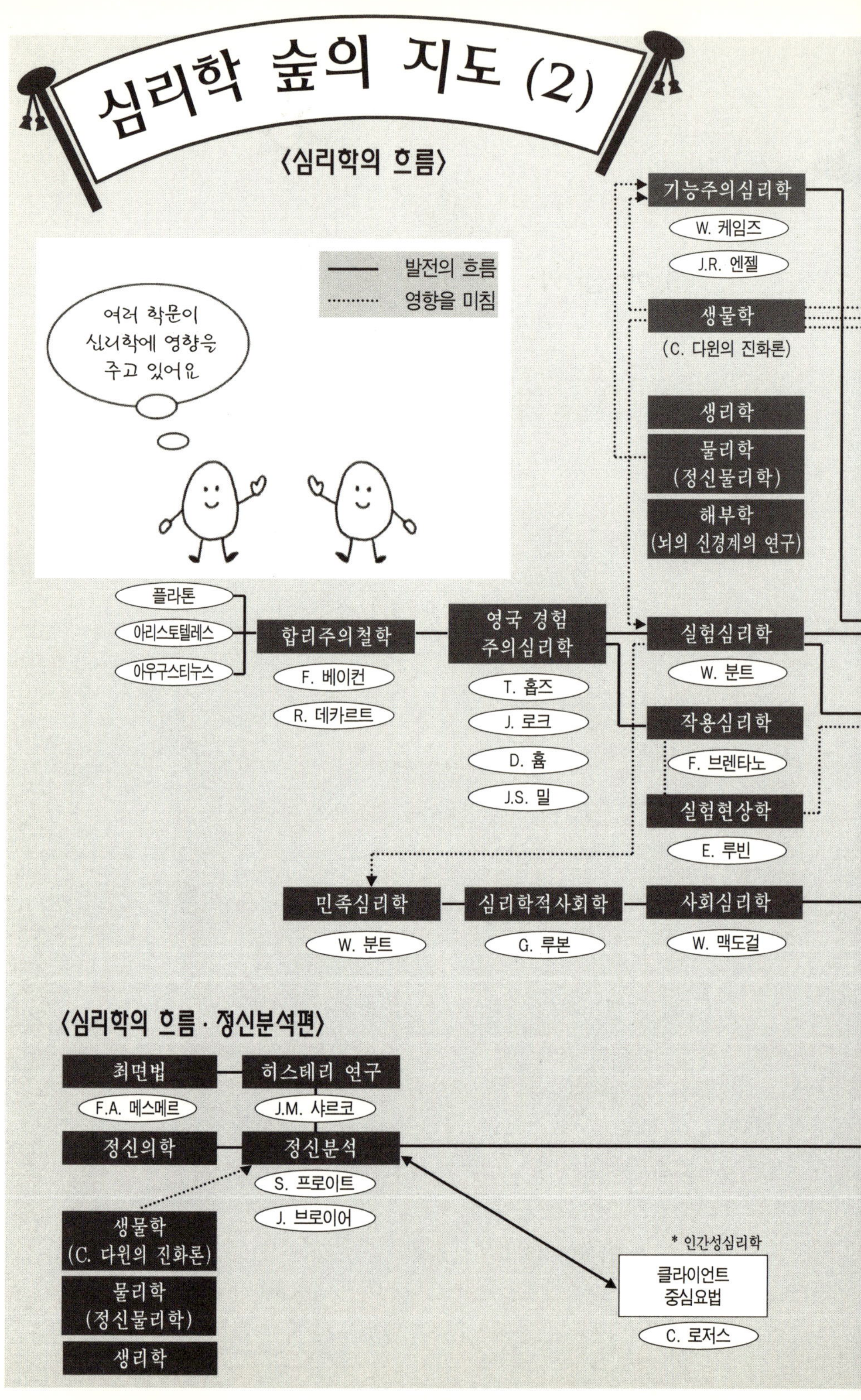

〈심리학의 흐름·정신분석편〉

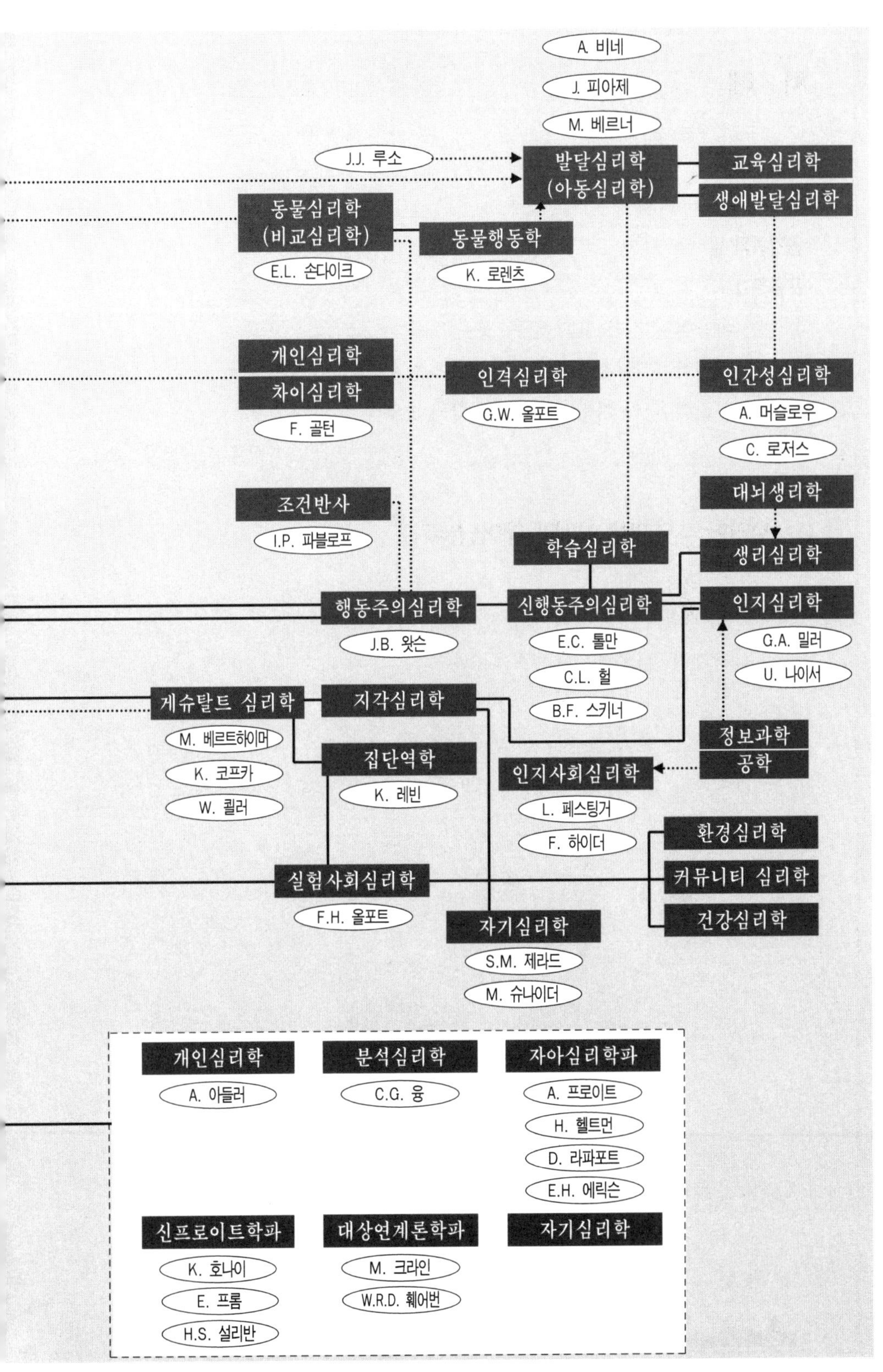

A. 비네
J. 피아제
M. 베르너
J.J. 루소
발달심리학
(아동심리학)
교육심리학
생애발달심리학
동물심리학
(비교심리학)
동물행동학
E.L. 손다이크
K. 로렌츠
개인심리학
차이심리학
인격심리학
인간성심리학
F. 골턴
G.W. 올포트
A. 머슬로우
C. 로저스
대뇌생리학
조건반사
학습심리학
생리심리학
I.P. 파블로프
인지심리학
행동주의심리학
신행동주의심리학
J.B. 왓슨
E.C. 톨만
G.A. 밀러
C.L. 헐
U. 나이서
B.F. 스키너
게슈탈트 심리학
지각심리학
M. 베르트하이머
집단역학
정보과학
공학
K. 코프카
인지사회심리학
W. 쾰러
K. 레빈
L. 페스팅거
F. 하이더
환경심리학
실험사회심리학
커뮤니티 심리학
F.H. 올포트
건강심리학
자기심리학
S.M. 제라드
M. 슈나이더
개인심리학
분석심리학
자아심리학파
A. 아들러
C.G. 융
A. 프로이트
H. 헬트먼
D. 라파포트
E.H. 에릭슨
신프로이트학파
대상연계론학파
자기심리학
K. 호나이
M. 크라인
E. 프롬
W.R.D. 훼어번
H.S. 설리반

차 례

2 대표적인 심리학자들과 그 이론

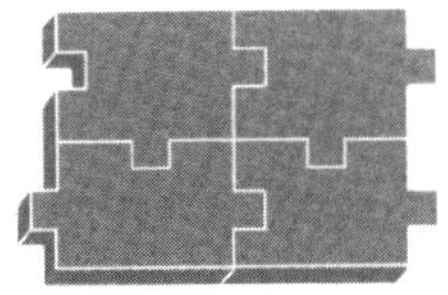

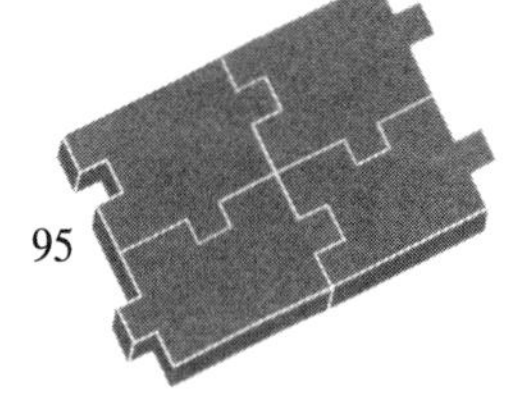

5 사물을 보는 것도 마음의 눈으로 보는 것이다

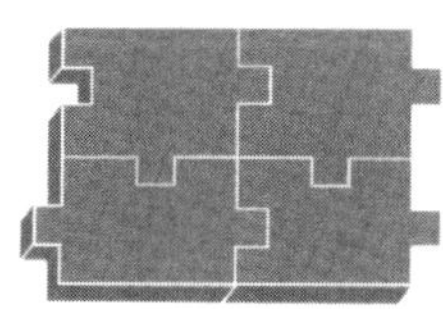

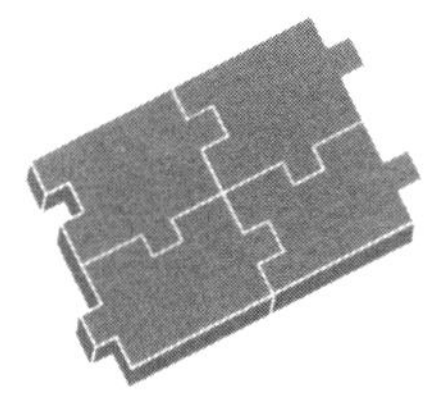

9 심리 테스트의 이것저것

10 심리학은 우리의 삶에서 어떤 도움을 주는가?

마음이란 무엇일까요?

알 듯하면서도 모르는 것이 사람의 마음입니다.

정말 생각하면 생각할수록 신기하기만 합니다.

그러한 '마음'에 대한 학문이 심리학입니다.

그렇다면 그 심리학은 어떤 식으로 발전해 왔을까요?

1

심리학은 도대체 어떻게 태어났는가?

마음이 있다면 어디에 있을까?

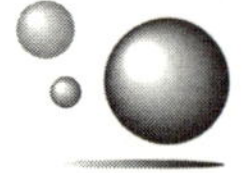

　'마음이 아프다', '마음가짐이 틀렸다' 는 식의 말을 흔히 사용한다. 그렇다면 도대체 마음이란 신체의 어느 곳에 존재하는 것일까?

　학자들은 마음은 뇌와 밀접한 관계가 있다고들 말한다.

　'마음은 어디에 있는가?' 라는 문제는 예로부터 많은 사람들이 가져 왔던 수수께끼였다. 현대인과 옛날 사람의 생각이 크게 다른 것은, 옛날 사람들은 마음을 마치 손으로 만질 수 있는 '실체적인 것'으로 이해하였다는 것이다.

　예를 들면, 우리가 잠을 잘 때는 아무것도 의식하지 못한다. 그러므로 '잠을 자는 상태' 는 마음이 일시적이나마 몸에서 떠난다고 생각했으며, '잠에서 깨어나는 상태' 는 이탈한 혼이 다시 신체 안으로 돌아오는 것이라고 생각했다. 그래서 '죽음' 이란 '마음이 영구히 몸에서 떠나는 현상' 이라고 믿었다.

　그렇다면 수시로 몸에 들어오며 나가는 마음은 평소 어디에 머물러 있다고 생각했을까?

　그리스 시대 의학의 아버지 '히포크라테스' 는 '우리에게 뇌라는 것이 있기 때문에 사물을 생각할 수 있으며, 기분이 좋거나 나쁜 것을 분별해 낼 수 있다' 고 말하여, 마음이 머무는 곳을 뇌로 추정했다.

　또 고대 그리스의 철학자 '아리스토텔레스' 는 마음은 심장에 머물

● **아리스토텔레스가 생각하는 뇌란?**　심장에 마음이 머물러 있을 것이라고 생각한 그는, 뇌는 '점액을 배출하는 점액선(粘液腺), 체온을 조절하는 냉각기' 라고 생각했다.

러 있다고 생각했다.

이에 대해 다소 재미있는 생각을 가졌던 학자가 근대 철학자인 데 카르트이다.

데카르트 이전의 사람들은 마음이 몸에 머물러 있기 때문에 사람들이 움직일 수 있으며, 웃거나 울기도 한다고 생각했다. 따라서 혼이 떠나면 육신은 죽고 만다고 생각했다.

그런데 데카르트는 이같은 견해를 정면으로 부정하였다. 즉, 혼이 떠난다고 해서 몸의 기능이 중지되는 것이 아니라, 운동을 중지하기 때문에 몸이 죽고, 그 결과 마음이 육체에서 떠난다고 생각했던 것이다.

어느 쪽이든 마음을 실체로서 파악하고 있다는 것은 서로 같으며, 이러한 사고방식은 19세기 초까지 계속되었다.

우리들은 마음이 아플 때 가슴을 쓰다듬거나, '가슴 속에 간직한다'는 말을 사용하는데, 이것은 마음이 실질적으로 존재한다는 것이며, 마음이 인간의 몸에 머무르고 있다는 것을 단적으로 나타낸 것이라고 할 수 있다.

● **말을 통해서 보는 마음의 위치** 마음이 심장 속에 머물러 있다는 사고는 동서를 불문하고 각 나라의 말에도 나타나 있다. 심장을 의미하는 '심(心)' 자는 마음을 뜻하며, 영어의 하트(heart)라는 단어도 마음과 심장이라는 뜻을 가지고 있다.

심리학이 '학문'이 되기까지

'심리학의 과거는 길지만 그 역사는 짧다'라는 말이 있다. 이는 독일의 심리학자인 에빙하우스가 《심리학개론》이라는 책 서두에서 언급한 한 말이다.

이 말을 풀이하면 사람들이 옛날부터 인간의 마음을 연구해 왔지만, 마음이 학문으로 취급되어진 것은 극히 최근의 일이라는 뜻이다.

사실 그렇다. 인간들은 참으로 오랜 세월 동안 마음에 관해 연구를 거듭해 왔다.

모름지기 인류가 탄생한 이래로 모든 사람들이 마음에 대해 각별한 관심을 두고 있었음은 틀림없다. 그 증거로서, 원시 인간인 네안데르탈인의 유골과 함께 대량의 화분(花粉)이 발굴되었다. 이것은 무엇을 의미하는 것일까? 당시의 원시인들은 죽은 사람에게 꽃을 바쳤다는 사실이다. 유인원이라고 할 제4기에 생존했던 인간들에게도 '슬퍼하는 마음' '상대방을 생각하는 마음'이 분명히 있었던 것이 틀림없다. 한 마디로 말해서 그 시대를 살아가는 사람에게도 '마음'이 있었다는 것이다.

인간들은 사람의 마음에 대해 줄기차게 생각해 왔다. 그것을 입증하는 것이 많은 종교와 철학의 탄생이다. 이와 같은 종교와 철학을 통해 마음의 움직임을 관찰하거나 분석했던 것이다. 동양의 경우, 마

● **에빙하우스**(Ebbinghaus, Hermann : 1850~1909) 독일의 심리학자. 페히너(Fechner)의 정신물리학에 심취하였으며, 실험심리학에도 흥미를 가졌다. 학습 및 기억(망각곡선)을 심리학의 대상으로 삼아 제일 먼저 실험을 하기도 했다.

음이라는 영역을 중시하기 시작한 사람들이 바로 인도의 수행승들이라고 할 수 있다.

고대 인도에서는 이미 불교가 성행하고 득도를 위한 수행이 행해졌다. 명상에 의하여 마음을 비우기 위해서는 잡념을 떨쳐 버리며 번뇌를 버리는 것이 기본이다. 그러나 그것은 그리 간단한 문제가 아니다.

수행승의 대다수가 이 잡념과의 갈등 때문에 고민했으며, 번민과 욕망을 버리기 위해서는 어떻게 해야 할 것인가에 대해 자기와의 끝없는 싸움, 즉, 마음과의 싸움에 도전했던 것이다. 이것이 바로 득도(깨우침)의 기초가 되었다.

한편 서양에서는 크리스트교가 그 역할을 수행하기 시작했다. 그 시조격인 사람이 '아우구스티누스'이다. 그는 로마 말기의 종교인인데, 초기 크리스트 교회 최대의 사상가로서 교부철학을 집대성하였다. 그는 '과거는 기억, 미래는 기대'라고 생각하였다.

즉, 마음속에 아로새겨 놓은 일들이나 감정을 과거라고 규정했으며, '앞으로 이렇게 하고 싶다' '이렇게 되고 싶다'는 기대의 마음을 미래라고 가정했다. 이것은 심리학적 시간론이라고 불리며, 인간이 살아 있는 한 이와 같은 마음의 과거와 미래를 계속 지니고 살아가게 된다는 것이다.

이 사상이 신학자로부터 철학자에게 전달되어 마침내 심리학적 사상으로 발전해 간 것이다.

● **심리학과 철학은 혼연일체** 초기의 심리학은 철학과 맥을 이루고 있었다. 심리학이 독자적인 학문으로 빛을 보게 된 것은 18세기경 독일의 분트에 의해서였다.

철학자가 생각하는 인간의 마음

'인간의 마음'을 이론적으로 추구하기 시작한 사람은 고대 그리스의 철학자 아리스토텔레스이다.

아리스토텔레스는 《영혼론》이라는 책에서 '감각' '기억과 상기(想起)' '수면과 각성' '꿈' 등 현대 심리학에서 다루고 있는 주제에 대해 언급하고 있다. 지금부터 약 2,400년 전의 일이다.

그러다가 근대에 와서는 철학의 아버지라고 불려지는 프랑스의 철학자 데카르트가 인간의 마음에 대해 그의 생각을 피력했다. 그것은 우리에게 매우 잘 알려진 '나는 생각한다. 고로 나는 존재한다'는 말로 집약된다.

데카르트는, 인간은 태어날 때부터 관념을 가지고 태어난다고 생각했다. 이것은 소위 생득관념이다.

데카르트의 이와 같은 주장에 대해 맹렬한 반격을 가한 사람들이 영국의 경험주의 철학자들이었다.

영국 경험주의의 대표자인 로크는 데카르트의 '생득관념(innate idea)'에 대해 '당신의 주장이 그렇다면 갓난아이의 관념은 도대체 어떤 것인가?'라고 반론을 제기했다.

이들은 인간이 태어날 때의 마음은 아무것도 씌어 있지 않는 백지 상태와 같은 것으로서, 그후 여러 가지의 경험에 의해 그 종이에 갖

● **아리스토텔레스(Aristoteles : 384～322 B.C.)** 고대 그리스의 철학자. 플라톤의 아카데미아 (Academia)에서 수학하였다. 그는 《니코마코스 윤리학》, 《영혼론》, 《형이상학》 등을 비롯하여 그 분야에 관계되는 방대한 양의 책을 저술하였다.

가지 관념이 기입되어 가는 것이라고 주장했다. 그래서 이들은 어린 시절의 관념축적이 대단히 중요하다고 강조했다.

그후 등장한 사람이 분트이다. 분트는 철학자이자 생리학자로서, '마음의 구조'를 실험에 의하여 객관적으로 분석하려고 시도했다. 그는 우선 대상자에게 동일한 조건을 제공하여 실험을 실시하고, 그 결과를 비교 검토하는 방법으로 심리학을 하나의 학문으로 발전시켜 나갔다.

마침내 분트의 등장으로 심리학의 짧은 역사는 겨우 시작된 것이다.

＊ 관념 (idea)

의식과 같은 것이다. 이 경우의 관념은 '옳다는 것은 바로 이런 것이다', '좋다는 것은 바로 이런 것이다'라는 식의 진리의 관념을 말한다.

◆ ◆ ◆
● **데카르트(Descartes, René : 1596～1650)** 프랑스의 철학자. '정신과 자연'이라는 이원론을 사용하여 근대적인 세계관의 기초를 구축했다. 신체가 허약하여 언제나 한낮이 되도록 잠을 잤다는 에피소드가 있다.

눈으로 볼 수 없는 마음을 연구하려면?

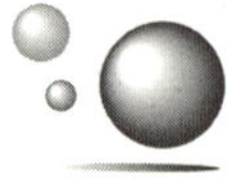

　분트는 인간의 마음을 과학적으로 파악하려고 했기 때문에 심리학의 첫 장을 열 수 있었다.

　예로부터 '마음'에 대한 탐구는 철학자들이 도맡아 하였는데, 철학의 세계에서는 마음을 '형태가 없는 것, 눈에 보이지 않는 세계의 깊숙한 곳에 자리잡고 있는 것' – 즉, 형이상학적인 것으로 받아들였다. 이에 반하여 심리학은 마음을 과학적인 측면에서 탐구하는 것이다.

　심리학을 과학으로 성립시키기 위해서는 연구결과가 일정한 조건에서 재현되거나 누구라도 경험할 수 있는 것이어야 한다. 예를 들면, '수소와 산소를 2 대 1의 비율로 혼합하면 물이 된다'는 것은 몇 번을 되풀이해도 결과가 같으며, 누가 실험을 해도 마찬가지이다. 마음도 이와 같이 '객관적인 결과'가 나오지 않으면 안 된다는 것이다.

　이리하여 심리학은 마음을 눈으로 볼 수 있는 형태, 다시 말하자면 인간의 '행동'을 연구대상으로 삼았던 것이다.

　예를 들면, 마음이 부끄럽다고 느끼면 얼굴이 붉어지고, 무섭다고 생각하면 뒷걸음을 치거나 몸을 떨게 된다. 이렇듯 마음 그 자체는 눈에 보이지 않지만, 행동이라는 형태로 나타나는 것이다.

　즉, 심리학은 눈에 보이는 행동과 그 행동에 의하여 추론되는 심적 활동을 과학적으로 연구하는 학문이라고 할 수 있다.

과학적인 심리학의 원류는?

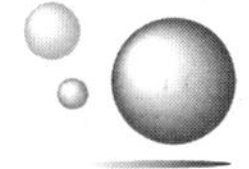

예를 들어 여기에 한 조각의 케이크가 있다고 하자. 그런데 한 여성이 그것을 한참 동안 바라보다가 덥석 손으로 움켜쥐고 단숨에 먹어치워 버렸다.

그렇다면 이 여성은 어떤 심리상태에 있었을까?

사람의 마음을 알아내는 방법에는 몇 가지 요령이 있다. 우선 과학적 심리학의 출발점을 연 분트의 방법을 살펴보기로 하자.

그는 마음을 주시하는 '내관법(Introspection)'을 사용했다. 그러나 남의 마음을 주시할 수가 없기 때문에 스스로 자신의 마음을 관찰했다.

케이크를 먹어치운 여성의 경우를 생각할 때, 주어진 자극(케이크)에 대해 자신의 마음이 어떻게 움직이는가를 관찰하는 것이다.

■ 자신의 마음을 응시한다

● **분트(Wundt, Wilhelm : 1832~1920)** 독일의 심리학자. 베를린 대학에서 철학과 생리학을 전공했으며, 처음에는 생리학자가 되고자 했다. 그후 심리학에 관심을 가지게 되었으며, '심리학의 아버지'로 일컬어진다.

'나는 그 케이크를 보는 순간 맛이 있어 보인다고 생각했다. 그러나 한편으로는 먹으면 살이 찔 것이라고 생각되어 먹는 것을 단념했다. 그것도 잠시일 뿐, 결국 유혹을 뿌리치지 못하고 그 케이크 조각을 먹어치워 버렸'라는 식으로 말이다.

그리고 분트는 단지 의식만을 관찰하는 것이 아니라 의식을 구성하고 있는 '요소'를 끄집어내어 그 요소에 대해 연구했다. 이처럼 분트의 방법은 요소의 구조에 의해 의식의 작용을 설명하려고 했기 때문에 '구조주의(Structural Psychology)'라고 불렀다.

그런데 분트의 이 구조주의를 비판한 학자가 미국의 왓슨이다. 그는 '의식의 내관만으로는 안된다. 과학적인 심리학에 걸맞게 눈에 보이는 것을 연구해야 한다'고 말하면서 '행동주의(Behaviorism)'를 주창하고 나섰다. 이것은 '자극(S)'과 '반응(R)'에 주목하는 방법이다.

케이크를 먹은 여성의 경우, 케이크는 자극이며, 먹은 것은 반응이다. 이 자극과 반응 사이에서 발생하는 관계에서 행동의 법칙을 찾아내려고 한 것이다.

하지만 왓슨의 행동주의는 자극에서 곧 바로 반응으로 직결되는 극단적인 것이었다. 여기에서 중요한 것은 자극과 반응 사이에 존재하는, 예를 들어 '먹고 싶기는 하지만 어떻게 할까?'라는 심적 과정이 전적으로 무시되고 있다는 점이다. 훗날 이 행동주의는 이 심적 과정을 고려한 '신(新) 행동주의'로 변해갔다.

왓슨처럼 분트의 구조주의를 부정하여 등장한 학설이 독일에서 일

● **왓슨**(Watson, John Broadus : 1878〜1958) 미국의 심리학자. 행동주의 심리학을 제창했다.

● **게슈탈트 심리학**(Gestalt Psychology) 베르트하이머(M. Wertheimer), 쾰러(W. Köhler), 코프카(K. Koffka), 레빈(K. Lewin) 등이 주창자이다. '게슈탈트'라는 말은 독일어로 '형태'라

■ 왓슨의 행동주의

1

심리학은 도대체 어떻게 태어났는가?

어난 '게슈탈트 심리학' 이다. 이 심리학은 형태심리학이라고도 한다. 게슈탈트 심리학에 의하면 '사람의 마음은 어느 부분이 모여서 이루어진 것이 아니라 전체적인 것, 하나의 통합된 것' 이라는 것이다.

'나무는 보지만 숲은 보지 못한다' 는 말이 있다. 즉, 게슈탈트 심리학에서는 '나무만 보지 말고 숲까지 보아야 한다' 는 것이다. 의식도 마찬가지인데, 토막을 내어 요소화해 버리면 전체를 파악할 수가 없다는 것이다. 그러한 맥락에서 왓슨의 행동주의도 구조주의의 하나에 지나지 않는다고 말했다.

심리학뿐만 아니라 일반인에게도 잘 알려진 정신분석은 프로이트에 의해 제기되었다. 프로이트는 사람의 행동에는 반드시 원인이 있다는 것을 전제로 했으며, 마음은 의식, 전(前)의식, 무의식의 3가지 계층

◆ ◆ ◆ ────────────────────────────────

는 뜻을 가지고 있다.

즉, 있는 그대로의 현상을 연구해야 하며, 전체가 갖는 형태 또는 조작이다. 지각과 학습현장에 치중하여 지각원리를 어떻게 대단위 행동에 응용할 수 있는가에 관심을 가졌다.

으로 나뉘어져 있으며, 억압된 소망은 무의식 속에 가두어져 있다고 생각했다.

이 행동주의와 게슈탈트 심리학, 정신분석은 현대의 과학적 심리학의 원류가 되고 있다.

심리학은 이과계에 속하는가 ?

심리학은 인간의 마음이나 성격을 규명하는 학문이라고 막연히 생각하는 경우가 많다.

그리고 심리학을 전공한 사람들은 앞으로 카운슬러가 되거나 마음의 병으로 고생하는 사람들을 고쳐주는 역할을 해야겠다고 생각하고 있다.

그러나 일반적으로 심리학에 대하여 가지고 있는 이미지와 실제 심리학 사이에는 큰 차이가 있다는 것을 알아야 한다.

심리학과를 지망한 학생들은 입학 초기에 자신이 생각하는 심리학의 이미지와 대학에서 배우는 심리학의 차이로 인하여 충격을 받게 된다.

인간에 대해 흥미를 갖고 있기 때문에 심리학과를 선택했는데, 수업시간에 생각지도 않는 지각의 구조 등 생물학에서나 볼 수 있는 강의만 한다.

다소 불만은 있지만, 언젠가는 자신이 바라던 재미있는 강의가 나올 것이라는 기대를 버리지 않는다. 그러나 어느 사이엔가 기초실험 과목이 시작되고, 실험 리포트 제출에 쫓기게 된다. 거기에다 실험 데이터를 객관적으로 분석하여 과학적으로 증명하기 위해 통계학을 배우며, 검증방법도 배운다. 이렇게 되면 완전히 수학의 영역에 들어온 것이나 마찬가지가 된다. 이러한 가운데 전공분야라고 할 수 있는 쥐를 이용한 동물실험을 하기도 한다.

심리학은 대체적으로 문과계(文科系)로 분류되지만, 마음 자체를 과학적으로 연구하는 학문이기 때문에 이과계(理科系)에 가까운 측면도 가지고 있다는 것을 이해해야 한다.

'심리학자' 하면 누구라도 즉시 머리에 떠올리게 되는 사람으로
프로이트와 융을 들 수 있습니다. 그러나 이들이 어떤 연구를
했는지에 대해서는 잘 모르는 경우가 대부분입니다.
다음에서는 이 두 사람을 비롯하여 널리 알려진 심리학자들의
대표적인 이론을 소개합니다.

2

대표적인 심리학자들과 그 이론

분트의 이론
…과학적으로 마음을 알아낸다

◆ 심리학의 탄생

심리학을 독립된 과학으로 확립시키는 데 큰 역할을 한 사람이 분트이다. 그는 자신을 '심리학자'로 내세웠다.

과거의 심리학자들이 안락의자에 몸을 파묻고 사색에 빠지는 소위 '공론적인(armchair) 심리학'이었던 것에 반하여, 그는 심리학을 실험과학으로 확립시키기 위해 노력했다. 그는 1879년 라이프치히 대학에 최초로 심리학 실험실을 마련했는데, 그 실험실은 새로운 심리학의 산실이 되었다.

《실험심리학》의 저자 보링은 '분트야말로 심리학의 역사 중에서도 가장 권위있는 심리학자로 불러도 손색이 없을 최초의 인물로서, 분트 이전에 심리학이 존재했지만 심리학자라고 부를 만한 사람은 없었다'고 기술하였다.

분트의 심리학은 의식 본위의 내관심리학으로서, 의식내용의 요소를 발견하여 이것의 결합으로 정신의 구성을 설명하려고 하는 구성주의의 근간이 되었다. 그것을 '신(新) 심리학'이라고도 부른다.

그는 '모든 심리학은 우선 자신을 관찰함으로써 시작된다고 역설하였으며, 이의 보조수단은 실험과 인간의 역사'라고 주장했다. 그후 그는 '자기관찰', '실험', '인간의 역사'라는 세 가지 관점에서 과학

● **분트** 심리학을 하나의 근대과학으로 확립시켰다. 즉, 철학으로부터 심리학을 떼어 냈다고 할 수 있다.

적으로 심리학을 추구했다.

여기에서 분트의 학설을 간단히 종합해 보면 다음과 같다.

인간의 마음에는 여러 종류의 '심적 요소'가 있다. 그리고 그 '심적 요소'가 결합함으로써 '심적 요소의 결합체'를 형성한다. 이러한 경우 결합의 법칙을 규명하는 것이 인간의 심리상태를 밝힐 수 있는 하나의 수단이 된다고 주장했다.

■ 분트의 학설

분트는 심리학을 체계화 하는 데에는 뛰어났지만, 그 모든 것들을 계통화 하려고 했기 때문에 일관된 체계를 만들지 못했다.

뿐만 아니라 분트 심리학의 전 체계를 계승한 학자도 나오지 못했다.

프로이트의 이론 1
··· '무의식' 의 발견

◆ **정신분석의 창시**

몸에 아무 이상이 없는 데도 고통을 호소하는 신경증을 '히스테리' 라고 한다. 그렇다면 이 히스테리는 도대체 어떻게 해서 생기는 것일 까?

정신분석학을 창시하여 이것을 체계화 한 프로이트는 히스테리란 스스로 의식할 수 없는 마음의 한 부분(무의식)과 깊은 관계가 있다 는 것을 발견했다.

이는 프로이트의 대발견이라고 하지 않을 수 없다. 인간의 마음에 '무의식' 이 존재한다는 것을 발견한 것이다.

특히 프로이트는 인간의 의식이 '의식', '무의식', '전의식' 의 세 가지 계층으로 이루어져 있다고 주장했다. '의식' 은 글자 그대로 사 물을 의식하는 부분이며, '무의식' 은 의식하지 못하는 부분뿐만 아니 라 잊고 싶다는 바람에 의해 잃어버린 부분까지 포함한다. 계속 의식

● **히스테리(Hysterie)** 히스테리의 어원은 그리스어의 hysteronn(자궁)이다. 옛날에는 '히스테 리는 자궁이 체내에서 움직이는 부인병' 이라고 알려져 있었다. 현대에는 남성에게도 히스테리 증 세가 있다는 것이 확인되었다.

하고 있어서 정신위생상 좋지 않은 것은 억압되어 무의식의 영역에 들어가버리고 마는 것이다. '전의식'이란 잠시 잊고 있는 부분인데, 언젠가는 쉽게 의식화 할 수 있는 것을 말한다.

히스테리는 이 무의식 속에 쌓여 있는 '과거의 불쾌한 생각'이 잘 처리되지 않아 일어난다고 프로이트는 분석하였다.

'무의식중에 그렇게 하고 말았다'는 식으로 일상생활에서 '무의식'이라는 말을 많이 쓰고 있는데, 이는 프로이트의 연구성과에 의한 것이다.

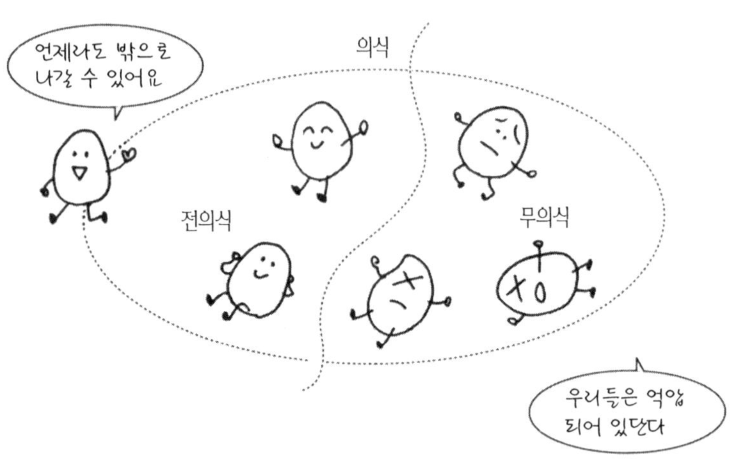

■ 프로이트의 '마음의 구조'

● 프로이트(Freud, Sigmund : 1856~1939) 오스트리아의 정신학자이며 정신분석의 창시자이다. '무의식'의 중요성을 발견했다. 유태인인 탓에 나치의 박해를 피해 런던에 이주하여 살았다.

프로이트의 이론 2
···보고 싶지 않은 것은 보이지 않는다

◆ 무의식

옛날 어느 곳에 이른바 권태기를 맞이한 부부가 살고 있었다. 아내에게 애정이 식기 시작한 남편은 아내로부터 받은 책을 어딘가에 넣어 두고 그 사실을 까맣게 잊고 있었다. 그후 가끔 그 책이 필요해서 찾아 보았지만 도무지 찾을 수가 없었다.

그러던 중 병으로 쓰러진 어머니를 헌신적으로 간호하는 아내의 모습을 보고 남편은 매우 감격하였는데, 무심코 책상 서랍을 열었더니 그 곳에서 잃어버렸던 책을 찾을 수 있었다.

이 이야기는 프로이트의 명저 《정신분석 입문》이라는 책에 실려 있는 예화이다. 심층심리학를 조금이라고 가까이 한 사람이라면 왜 이런 일이 일어났는지 쉽게 짐작할 수 있을 것이다. 남편이 책을 서랍 속에 넣어 두고도 발견하지 못한 까닭은 착오행위라는 현상 때문인데, 이는 아내에 대한 무의식적 혐오감으로 쉽게 발견할 수 있는 책을 무시해 버린 탓이다. 남편이 책을 발견하지 못한 것이 아니라 아내로부터 받은 책 따위는 발견하고 싶지도 않다는 생각 때문이었을 것이다. 그러던 중 아내의 헌신적인 간병 행위를 보고 마음 속에 가지고 있던 혐오감이 사라져 버린 순간 마침내 그의 착오행위는 해제된 것이다.

◆◆◆ ─────────────────────────────

● 잘못 말하는 것은 무의식의 바람 내심 '빨리 회의가 끝났으면 좋겠다' 고 생각을 하고 있는 상태에서, '지금부터 회의를 시작하겠습니다' 라고 말해야 할 것을 '이것으로 회의를 끝냅니다' 라고 말해 버리는 것이다.

프로이트는 이와 같은 무심한 행위나 행동 속에 인간의 본심이 얼굴을 내밀고 있다고 주장한다. 특히 남의 이름을 잊거나 잘못된 행위는 결코 우연히 일어나는 것이 아니라, 그 대부분이 무의식적인 동기에 지배되기 때문이라는 사실을 그는 발견했다.

프로이트의 이론 3
… '자아'란 괴로운 존재다

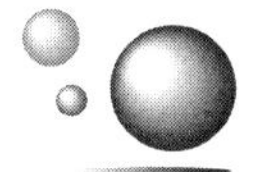

◆ 퍼스낼리티의 구조

여성의 관점에서 볼 때 남자들 중에는 확실히 늑대처럼 보이는 사람이 있는 모양이다.

그러나 그런 남자의 경우라도 미녀를 보는 순간 맹목적으로 덤벼드는 것은 아니다. 이것이 늑대와 인간의 차이점이다.

그렇다면 왜 사람은 참을 수가 있지만 늑대는 참지 못하고 덤벼드는 것일까?

프로이트의 퍼스낼리티(Personality)의 구조에 입각하여 생각해 보기로 한다.

프로이트의 '무의식' '전의식' '의식' 같은 마음의 구조는 마침내 '이드(id : 의식의 하층에 있는 인간의 본능적 충동)' '초자아' '자아'라는 퍼스낼리티 구조로 발전해 가는 것이다.

● **리비도(Libido)** 무의식중에 마음 깊숙한 곳에 축적된 욕망의 에너지. 넓은 의미에서의 성욕. 프로이트는 리비도의 충족 여하에 따라 개인의 성격이 달라진다고 생각했다.

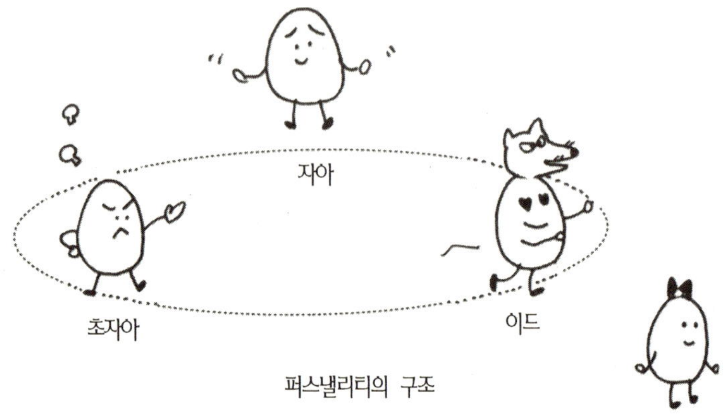

퍼스낼리티의 구조

■ 조정역할을 하는 자아는 고생

‘이드’는 ‘쾌락원리’에 의하여 행동하는 부분으로, 쾌락만을 추구한다.

프로이드는 인간이 갖고 있는 성의 욕구, 기본적인 생명의 에너지를 리비도(정신분석학에서 말하는 인간행동의 밑바탕을 이루는 성적 욕망)라고 이름 붙였다. 이 리비도에 의하여 이드는 조종된다.

‘초자아’는 어린시절 부모로부터 훈계를 받거나 배움을 통해 축적된 윤리나 도덕에 의하여 형성된 양심과 같은 부분이다. 따라서 ‘도덕적 원리’에 의해 항상 올바른 행동을 하려고 하는 것이다.

‘자아’는 ‘현실원리’에 의해 오로지 쾌락만을 추구하려는 이드와 도덕적으로 행동하려는 초자아와의 조정역할을 담당한다.

늑대와 같은 욕구를 가진 남자의 경우를 예로 들면, 우선 이드(본능) 부분이 '야, 무척 미인이군! 저 여자를 정복해야겠다'고 성적 욕망을 불태운다. 그러면 순간 초자아는 '무슨 소리를 하는 거야! 절대로 그 여자에게 손을 대서는 안돼!'하고 정면에서 반항(또는 금지)한다. 이때 자아는 '여자를 덮쳐서는 안돼! 그대로 놔두고 눈으로만 아름다움을 감상하는 것이 오히려 실리적이야'하는 식으로 조정을 꾀하는 것이다.

이렇듯 '자아'는 항상 서로 대립관계에 있는 '이드'와 '초자아' 사이에서 조정을 꾀하는 괴로운 존재이다. 만일 양자간의 조정에 실패하는 날에는 마치 시어머니와 며느리 사이에서 곤욕을 치르는 아들(남편)격이 되고 만다.

프로이트는 사람들에게 '신경증(Neurosis)'이 생기는 까닭은 '자아'가 그 괴로운 위치에서 견뎌내지 못하기 때문이라고 생각했다.

프로이트의 이론 4

… 영웅은 여색을 좋아하는 속성이 있다

◆ 리비도

예로부터 '영웅은 여색을 좋아한다'는 말이 있다. 이 영웅이란 프로이트가 나폴레옹을 두고 한 말인데, 비단 나폴레옹뿐만 아니라 권

● **갓난아이도 성욕이 있는가?**　프로이트의 주장에 의하면 사람은 갓난아이 때부터 리비도를 지니고 있다고 한다. 그 증거의 하나로서 갓난아이는 배가 불러도 계속 어머니의 젖을 빠는 현상을 예로 들고 있다.

력을 가진 사람들 중에는 특히 여색을 좋아하는 사람이 많다고 한다. 그렇다면 왜 영웅들 중에서는 호색가가 많을까? 프로이트는 이에 대해 이렇게 생각했다.

사람의 마음 속에는 '리비도'라는 성적 에너지가 존재하며, 그것이 인간을 영웅으로 만들기도 하고, 호색가로 만들기도 한다는 것이다. 그 이유에 대해 프로이트는 '이것만은 기어코 해내고야 말겠다'는 성취동기와 '목적을 달성하기 위해서 이것만은 꾹 참아야 한다'고 하는 이를테면 인내력과 성욕은 이 리비도의 크기에 따라 달라진다고 믿었다. 이런 식으로 생각한다면 영웅들은 당연히 성취동기와 인내력이 강하다고 할 수 있으며, 성욕도 강할 것이라고 추측하지 않을 수 없다.

이 프로이트의 주장은 생리학적으로 전혀 근거가 없다고는 할 수 없다. 영웅적인 인물들은 일반적으로 공격적인 성격의 소유자라고 할 수 있다. 이 공격성은 생리학적으로 '테스토스테론(Testosterone)'이라는 남성 호르몬에 의해 높아진다. 그런데 '테스토스테론'은 공격성만을 강화시켜 주는 것이 아니라 성욕까지도 강화시켜 주는 작용을 한다.

즉, 영웅적인 성격이나 호색마저도 '테스토스테론'이라는 생리적인 호르몬 인자가 영향을 미친다는 것이다.

프로이트의 이론 5

…삶과 죽음의 본능

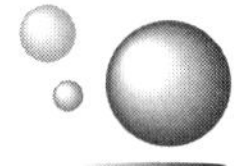

◆ 에로스와 타나토스

프로이트의 주장에 의하면, 인간들은 살고 싶다는 생각을 가지고 있으면서도, 마음 깊은 곳에서는 끊임없이 죽음을 생각하고 있다는 것이다.

프로이트는 이것을 죽음의 본능 '타나토스(Thanatos: 그리스 신화에 나오는 의인화된 죽음의 신)'라고 불렀다.

이 타나토스와 대립되는 존재가 바로 에로스인데, 이 에로스는 새로운 생명을 창조하는 원동력인 동시에 생존본능이다. 1920년에 저술한 《쾌감원칙의 피안(彼岸)》이라는 책에서, 프로이트는 인간에게는 삶의 본능과 죽음의 본능이 있는데, 이 두 개의 대립된 본능이 인간의 정신을 지배하고 있다는 새로운 이론을 전개했다.

일반적으로 에로스와 타나토스는 서로가 굳게 융합되어 떼어 낼래야 떼어 낼 수 없을 정도로 결부되어 있다. 이를테면 동전의 앞뒷면과 같은 것이라고 할 수 있다.

인간은 '에로스'에 이끌려 삶을 영위하고 있으며, '타나토스'의 영향을 받아 죽음의 길을 향해 달려가고 있는 것이다.

● **프로이트의 정열적인 사랑** 프로이트는 격정적인 성격 탓인지 많은 여성들과 교제를 하였다. 특히 약혼녀인 마르다에게는 매월 빨간 장미를 한 송이씩 보냈으며, 러브레터만 해도 900통 이상에 이른다고 한다.

프로이트의 이론 6

…꿈은 무의식으로부터의 메시지

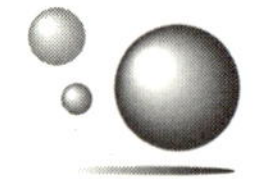

◆ **꿈의 해석**

1900년, 프로이트는 《꿈의 해석》이라는 한 권의 책을 내놓았다. 그는 그 책에서, 꿈은 의식 속에 갇혀 있는 또 하나의 자신으로부터 전달된 메시지라고 말했다.

무의식의 소원이 현실적인 사건과 관련하여 이야기화 된 것이 꿈이라고 그는 주장했다. 그렇다고 해서 꿈에 나타난 것들이 평소에 갖고 있던 소원을 고스란히 나타낸 것이라고는 볼 수 없다. 그것들은 가공이 되거나 변형이 되어 나타난다. 그 가공방법의 하나가 '상징화'라는 것이다.

예를 들면 우산, 몽둥이, 나무, 권총, 펜, 연필 등은 남성의 성기를 상징하고 있다는 것이다. 한편 구멍, 병, 출입문, 입, 트렁크 등은 여성의 성기를 상징하며, 춤이나 등산, 차량에 깔리는 모습은 성행위를 상징한다고 프로이트는 해석하였다.

그는 꿈이란 억압된 욕구를 충족시켜 주는 것이며, 그 욕구의 대부분은 성적인 것이라고 생각했다. 이와 같은 성 편중적인 이론으로 후일 20세기의 인간관까지 바꾸어 놓았다는 《꿈의 해석》이라는 책은 당시의 보수적인 사회에서 냉소적인 대접을 받았다.

그러나 프로이트는 조금도 자기 주장을 굽히지 않았다. 그로부터 5

◆◆◆──────────────────────────────

● **상징화의 예 (1)**　넥타이, 모자, 외투, 뱀, 열쇠 등은 남성을 상징하며, 달팽이, 조개, 흰 속옷 등은 여성, 작은 동물이나 해충 등은 자녀나 형제자매, 왕과 왕비는 부모로 상징되고 있다.

년 후 더 충격적인 이론을 발표했다. 그것이 바로 '소아(小兒) 성욕론'이다. 인간의 성욕은 사춘기에 싹트는 것이 아니라 젖먹이 때부터 갖고 있는 것으로서, 그것이 인격형성에 중대한 영향을 미친다는 주장이다. 프로이트 자신의 경우, 어린 시절 어머니의 나체를 보고 성적 욕구를 느꼈다고 고백하여 모든 사람들을 깜짝 놀라게 했다.

아동관의 경우, 그들이 천사처럼 깨끗하고 순진하다는 일반적인 사고는 예나 지금이나 다름이 없다. 그런데 성 자체를 터부시하던 프로이트 시대에 '소아 성욕론'의 이론은 참으로 해괴망측한 망발로 간주되어 세인들로부터 거센 빈축을 샀을 것이 틀림없다. 그래서 그는 반도덕적이며 외설적이라는 굴레가 씌워져, 당시 사람들은 프로이트의 이름을 입에 올리기조차 꺼려했다.

《꿈의 해석》은 출간 당시에는 점술가에게만 국한되어 읽혀졌지만, 얼마 후 일반 대중에게도 널리 읽혀지게 되었다.

융의 이론 1
… 조상으로부터 물려받은 의식

◆ 집단 무의식

융은 프로이트처럼 무의식을 강조하였다.

프로이트가 무의식의 세계를 순전히 개인적인 것이라고 생각한 데

● **상징화의 예 (2)** 물 속에 추락하거나, 물 속에서 헤엄쳐 나오거나, 물에 빠진 사람을 구출해 내는 꿈은 탄생을 상징하며, 여행을 떠나거나 철도여행을 하는 것은 죽음을, 장신구나 보석 등은 애인을, 춤이나 승마, 등산 등은 성행위를, 화롯불이나 방, 선반 등은 여성의 자궁을 상징한다.

반해, 융은 무의식에는 '개인적인 무의식'과 '집단 무의식'의 두 종류가 있다고 생각했다.

그리고 '집단 무의식'의 심층에는 조상으로부터 물려받은 전 인류에게 공통된 기억이나 이미지가 잠재해 있다고 생각했다.

예를 들면 대부분의 사람들은 뱀을 생리적으로 싫어한다. 뱀이 사람을 잡아 먹거나 하지 않는데도 말이다.

융의 주장에 의하면, 이러한 뱀에 대한 혐오감은 옛 인류의 조상들이 파충류에게 습격을 당했던 당시의 기억이, 유전자에 의해 지금도 우리의 마음 깊숙한 곳에 자리잡고 있기 때문이라는 것이다.

융은 정신과 의사로서 실제로 많은 분열병 환자들의 임상치료를 하였다.

그 결과 그들의 꿈이나 망상 가운데에는 현대인들이 전혀 알지 못하는 태고적이며 신화적인 심벌이 나타난다는 것을 발견했으며, 이와 같은 심벌이 정상적인 사람의 꿈 속에서도 나타난다는 사실에 주목하여 집단 무의식의 존재를 확신하게 되었다.

기시감(旣視感)도 이 집단 무의식에서 비롯된 현상이라고 생각하였다. 즉, 처음 보는 것인데도 전에 어디선가 본듯한 느낌이 든다던지, 처음 찾은 고장인데도 왠지 낯익은 곳처럼 느껴지는 것은 옛 조상들이 이미 경험했던 기억과 결부된 것이 아닌가 하고 생각할 수 있다는 것이다.

문화인류학이나 종교, 오컬트, UFO에 이르기까지 규모의 장대함과 신비성은 융 심리학의 커다란 매력의 하나라고 할 수 있다.

◆◆◆───────────────────────────────────

● **오컬트(Occult)**　초심리학(Parapsychology) 전신감응, 천리안 따위의 초자연적 현상을 다룬다. 비과학적이며 신비롭고 불가사의한 비학.

● **융(Jung, Carl Gustav : 1875~1961)**　스위스의 심리학자. 처음에는 프로이트와 함께 정신분석

현재 전세계적으로 융의 인기가 높은 것도 이같은 매력 때문이 아닌가 생각된다.

융의 이론 2
…누구나 가면을 쓰고 있다

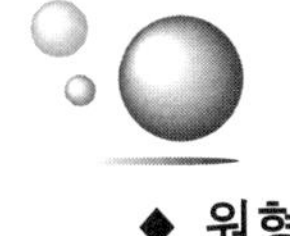

◆ 원형

융이 주장하는 무의식에는 '개인적인 무의식'과 '집단 무의식'이 있다고 앞에서도 언급했다. 그리고 그 집단 무의식을 구성하고 있는 것을 '원형(Archetype)'이라 명명했다.

원형이란 전인류 공통의 기억이나 이미지의 모티프가 된 것을 말한다. 이 원형에는 각양각색의 것이 있는데, 그 중에서도 특히 중요하다고 일컬어지는 '페르소나(가면을 쓴 인격)', '그림자', '아니마(Anima:남성 속의 여성적 요소)', '아니무스(Animus:여성 속의 남성적 요소)'에 대해 살펴보도록 하겠다.

'페르소나'란 사람들이 외부 사회에 적응하기 위해 얼굴을 가리는 가면과 같은 것이다.

예를 들어, 연인을 갖고 싶어하는 젊은 의사에게 젊고 아름다운 환자가 찾아 왔다고 하자. 이 의사는 내심 여자의 전화번호가 알고 싶지만, 노골적으로 그렇게 물어볼 수는 없어서 '어디가 아프십니

학의 확립을 도모했으나, 성욕설이나 무의식의 사고에 뜻을 달리해 독자적인 분석심리학을 창시.
● **개인적 무의식** 각기 개인과 관계가 있는 의식인데 잊어버린 기억이나 억압된 의식, 충동, 소원 등이 잠재해 있다.

■ 누구나 쓰고 있는 페르소나

까?'라는 의사다운 질문만을 하게 된다. 이런 태도는 비단 이 의사뿐만 아니라, 사회의 모든 사람들도 마찬가지이다.

대체로 사회에 적응하기 위해서는 어떤 종류의 가면을 써야 할 필요성이 있다는 것이다. 바로 이같은 가면을 '페르소나'라고 한다.

'그림자'에는 개인적인 그림자와 보편적인 그림자가 있다.

개인적인 그림자란 성격의 표면상에 나타나지 않는 면으로서, 표면상의 성격을 보완해 주는 존재이다. 예를 들면, 항상 밝고 활달한 사람의 어두운 부분이 그림자가 되며, 항상 온순한 사람의 활달한 부분이 그림자가 되는 것이다.

보편적인 그림자란, 예를 들어 범죄를 저지를 수 있는 인간의 나쁜 부분을 말한다.

◆◆◆

● 페르소나(Persona) 융은 페르소나를, 서양의 고전극에서 배우들이 쓴 가면(Persona)을 보고 착상했다. 사람들은 모두 사회생활을 하는 데 있어서 그 무엇인가의 페르소나를 쓰고 생활하고 있다.

한편 '아니마'란 남성 속에 자리잡고 있는 여성의 영원한 이미지를 말하며, '아니무스'란 여성 속에 자리잡고 있는 남성의 영원한 이미지를 말한다. 사람들은 그 누군가를 좋아하게 되면 상대방에게 '아니마'나 '아니무스'를 투영시키는 것이다. 그러나 그 원형이 무의식의 영역 내에 잠재해 있기 때문에 우리들은 그것을 의식하지 못한다. 단지 원형이 형태를 바꾸어 꿈이나 공상 속에서 등장한다. 융 자신도 원형을 모티프로 한 꿈을 꾼 적이 있다고 보고한 바 있다.

융의 이론 3
··· 의미가 있는 우연

◆ 동시성

'호랑이도 제 말 하면 온다'는 속담이 있다. 누군가의 이야기를 하고 있을 때 그 당사자가 갑자기 모습을 나타내는 경우에 주로 사용된다. 이와 같은 우연에 대하여 융은 '우연에도 의미가 있다'고 말했다.

어느 날 융은 환자와 고대 이집트의 투구벌레(장수풍뎅이)에 대해 이야기를 나누고 있었다. 바로 그때 창 밖으로부터 한 마리의 투구벌레가 방 안으로 날아왔다. 이 신기한 우연의 일치현상이 발생한 직후 그토록 지지부진했던 환자의 치료가 아주 순조롭게 풀리기 시작했다.

◆◆◆ ―――――――――――――――――――――――――――――――――――――――

● **그림자(Shadow)**　한 사람의 인격의 반영(反影)이라고도 할 수 있다. 그림자라고 표현하면, 부정적, 비관적인 이미지를 연상하겠지만 꼭 그런 것만은 아니다.

융은 가끔 직면하게 되는 불가사의한 현상을 단순히 '우연의 일치'로 보아 넘길 수가 없었다. 그리고 이것을 합리적인 인과율로 설명할 수 없는 무엇인가 다른 미지의 연관으로 맺어진 심리적 평행현상이라고 생각하여, 이를 '공시성(共時性) 또는 동시성(Synchronicity)'이라고 이름 붙였다.

이 공시성 또는 동시성의 개념은 융의 심리학 중에서 가장 난해하고도 신비적인 색채가 강해, 학문적이고 이론적인 심리학파들은 아직까지 그의 주장을 받아들이지 않고 있다. 이와 같은 대담한 이론에 융이 확신을 갖게 된 배경으로는 그가 갖고 있는 심오한 동양적인 사상을 생각해 볼 수 있다. 불교나 도교의 사고방식은 사상을 요소가 아닌 전체로 파악하여, 우연의 일치도 의미가 있는 것으로 받아들인다. 그는 실제 치료에 주역이나 불교의 본질인 깨달음을 이용할 만큼 동양의 예지에 매혹되어 일종의 정신적 이상향을 발견해 낸 듯하다.

아들러의 이론
…콤플렉스를 발판으로 삼는다

◆ 보상

실제로 어떻든 간에 자신이 남보다 정신적으로나 육체적으로 뒤져 있다는 열등의식에서 약점을 커버하려는 무의식의 작용을 '보상작용

● **융의 왕성한 호기심** 융은 종교나 신화, 동양사상, 신비사상 등의 연구도 많이 하였다. 그런가 하면 아프리카, 멕시코, 인도를 비롯하여 세계 곳곳을 여행하는 등 매우 행동적인 학자였다.

(Compensation)'이라고 한다.

이 보상의 욕구가 인간에게 미래를 개척하게 하는 원동력이 된다고 생각한 사람이 아들러이다.

아들러는 안과 의사에서 정신과 의사로 변신한 이색적인 경력의 소유자이다. 그는 눈이 나쁠수록 사람들은 탐욕스런 독서가가 되기를 원한다는 놀라운 사실에 주목했다. 그리고 모든 인간의 발전은 사람들이 무의식중에 자신의 열등성을 극복하려고 열심히 노력하는 가운데 이루어진다는 진리를 발견했다.

예를 들어, 청각 장해에도 불구하고 위대한 음악가가 된 베토벤이나, 언어 장해를 극복하고 그리스의 위대한 웅변가가 된 데모스테네스, 또 생후 19개월에 성홍열을 앓아 듣지도 보지도 말하지도 못하는

◆◆◆

● 아들러(Adler, Alfred : 1870~1937)　오스트리아 태생의 심리학자. 처음에는 프로이트의 이론에 심취했지만, 후에 그 이론과 결별하고 독자적인 이론을 개척했다.

헬렌켈러가 각고의 노력 끝에 교육가와 저술가가 된 일 등, 이같은 예는 얼마든지 있다.

그러나 열등의식에 사로잡힌 나머지 지나치게 보상욕구(신체적 정신적으로 열등함을 의식할 때 그것을 보충하려는 욕구)가 강한 사람은 자칫 사소한 성공을 과장하거나 폭력을 휘두르기도 한다.

아들러도 융처럼 처음에는 프로이트의 심리학 이론에 심취했지만, 후일 프로이트에 대해 비판적인 입장으로 선회하였다.

아들러와 프로이트는 이론 이전에 인생에 대한 태도 자체가 판이하게 달랐다.

프로이트는 인생을 현재에서 과거로 거슬러 올라가 원인을 탐색하려는 데 비해, 아들러는 원인을 극복하는 인간의 가능성에 기대를 걸면서 미래를 응시하였다.

이를테면 과거지향 대 미래지향의 대립된 두 학자의 모습을 발견할 수 있다.

에릭슨의 이론
…불안한 청년기를 보내고

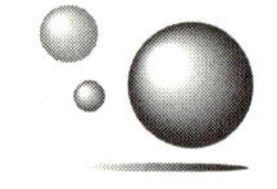

◆ 모라토리엄

정신분석가 에릭슨은 한때 유행어처럼 번졌던 '모라토리엄

● **열등감(Inferiority Complex)**　아들러가 사용한 용어. 그는 누구든 자신의 능력이 남보다 뒤지고 있다는 생각 때문에 열등감을 갖게 된다고 주장했다.

(Moratorium)'이나 '아이덴티티(Identity)'라는 용어의 제창자로서 그 이름이 널리 알려져 있다.

그가 주장한 '발달단계설'에 의하면 인간에게는 이미 예정된 발달 단계가 있는데, 각 단계에는 각기 해결해야 할 과제가 준비되어 있다고 한다.

에릭슨은 특히 청년기에는 특유의 심리가 내재되어 있다는 것에 착안하여 자아에 관한 이론을 구축하였다.

어린 시절에는 여러 종류의 사람과 사물을 접하면서 경험한 이미지를 자신의 행동양식 속에 무조건 받아 들인다.

부모, 형제 등 주변의 존재를 비롯하여 친구, 선생님, 그림책이나 애니메이션 속에 등장하는 인물에게 무의식적으로 자신을 동일시하면서 성장해 간다.

따라서 동일시하려는 대상과 맞지 않을 때마다 자기 자신이 여태까지 간직하고 있던 이미지는 산산조각이 나게 된다. 그러나 어린 시절에는 그것을 당연한 것처럼 받아 들인다.

그러다가 청년기가 되면 '진정한 자신이란 무엇인가' 하는 의문이 생겨난다. 그리고 지금까지 몸에 지닌 단편적인 특성을 끌어 모아 이것들을 통합시켜 종합된 자아동일성, 즉 아이덴티티를 만들어 내려고 한다. 그런데 이와 같은 시도가 뜻대로 만족스럽게 되지 못할 때에는 '아이덴티티 크라이시스(Identity Crisis)'라고 하는 청년기 특유의 위기의 정신상태에 빠지게 되는 것이다. 모라토리엄이란 연령적으로는 충분히 어른이 되었지만, 정신적으로는 아직 미숙하기 때문에 성

2
대표적인 심리학자들과 그 이론

● **에릭슨(Erikson, Erik Homburger : 1902~1994)**　독일의 정신분석학자. 자아동일성 이론으로 유명하다. 미국으로 이주한 뒤 하버드 대학의 교수가 되었다.

인사회에 참여할 수 없는 어정쩡한 상태를 말한다.

　'자신이 어떠한 사람인지 가늠하기가 어렵다.'

　'자신이 미완성된 인간처럼 느껴진다.'

　젊은 시절 이러한 고민에 빠져 본 일은 없는가?

　에릭슨 자신은 그러한 불만 속에서 청년기를 살아왔다고 실토했다. 그는 20세 전후에 화가의 꿈을 안고 유럽 일대를 방랑했지만, 복잡한 가정환경과 장래에 대한 불안감 때문에 자신이 어떤 사람인지를 확정 짓지 못하고 불안과 초조한 모라토리엄의 나날을 보냈노라고 고백하였다. 그 당시의 경험이 그의 이론의 근원이 된 것이다.

● **모리토리엄(Moratorium)**　유예기간. 지적, 육체적, 성적인 능력면에서 한 사람의 몫임에도 불구하고 사회인으로서 의무와 책임의 지불을 유예하고 있는 상태

우리들이 매일 무의식적으로 하고 있는 행동들은,

심리학적인 측면에서 따져 보면 어느 한 가지도

이유가 없는 것이 없습니다.

다음에서는 우리들이 감지하지 못했던

심리의 뒤쪽에 어떤 욕구가 잠재해 있는지 이야기해 보려고 합니다.

3

행동 뒤쪽에는
욕구가 도사리고 있다

동기가 있으니까 행동을 한다

'왜 사람은 밥을 먹어야 하는가?'

'왜 사람은 전쟁을 벌이는 것일까?'

'왜 어머니가 아버지보다 자식을 더 사랑하는 것일까?'

이렇듯 인간의 행동 메커니즘을 탐색하는 것이 심리학의 분야이다.

표면에 나타나는 '행동'과 눈에 보이지 않는 '마음'은 얼른 보기에는 아무런 관계가 없어 보이지만, 유심히 살펴보면 '마음'이 개입되지 않은 '행동'은 하나도 없다. 따라서 사람의 행동을 관심있게 관찰해 보면, 거기에는 반드시 그러한 행동을 하는 이유와 원인을 제공하는 '마음'이 존재한다.

이와 같은 행동의 이유와 원인을 심리학에서는 '동기'라고 말한다. 좀더 알기 쉽게 말한다면 '(무엇 무엇을) 하고 싶다'라는 욕구를 뜻한다.

그러나 사람은 동기만 있다고 해서 절대로 행동하지 않는다. 다시 말해 사람은 동기를 충족시켜 주는 목표물이 없으면 결코 행동으로 옮기지 않는다.

예를 들어, 당신은 '배가 몹시 고프다. 뭔가 먹었으면 좋겠다'고 생각하더라도 주위에 '먹을 것'이 없으면 '먹는다'는 행동을 일으킬 수가 없다.

◆ ◆ ◆ ─────────────────────────────

● 동기와 행동　하나의 행동이 복수의 동기를 충족시켜 주는 일도 있다. 데이트를 할 때 연인과 함께 레스토랑에서 식사를 하는 경우가 그렇다. '식욕과 연인'이라는 두 가지 욕구가 동시에 충족되는 것이다.

즉, 사람이 행동을 일으키는 것은 동기(먹고 싶다는 생각)가 있어야 하며, 거기에 목표(먹을 음식)가 있을 때 비로소 실현되는 것이다. 그것은 동기→행동→목표라는 과정으로 설명할 수 있다.

따라서 행동은 동기와 목표의 가교 역할을 하고 있다고 할 수 있다.

■ 동기와 목표가 있기 때문에 행동이 가능하다

사람들이 갖고 있는 동기에는 여러 종류가 있는데, 이것을 크게 나누면 '생물적 동기', '사회적 동기', '내재적 동기', '외재적 동기' 등 4개의 유형으로 분류할 수 있다.

생물적 동기는 사람이 살아가기 위해 또는 종자(자손)를 보존하기 위한 기본적인 욕구인데, 예를 들면, '먹고 싶다', '잠을 자고 싶다', '화장실에 가고 싶다', '성행위를 하고 싶다'는 등이다.

사회적 동기는 사회활동을 하는 과정에서 발생하는 동기로서, 예를 들면 '일류 대학에 입학하고 싶다', '좋은 직장에 취직하고 싶다'는 등의 것이다.

내재적 동기는 마라톤이나 사이클링 등의 행동 그 자체가 목표가 되는 동기이다.

외재적 동기는 외부로부터의 보수를 기대하는 동기이다. 예를 들면 어린 아이가 어머니로부터의 심부름값을 바라고 협력하는 따위의 행동이다.

평소 우리들은 하나하나의 행동에 대해 크게 신경을 쓰지 않지만, 모든 행동에는 '마음'이 관계하고 있다.

3 행동 뒤쪽에는 욕구가 도사리고 있다

'가장 알맞은 상태'를 유지하고 싶다

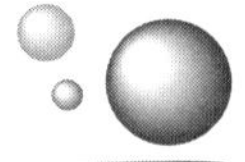

◆ 호메오스타시스

우리는 목욕물을 데울 때 적당한 온도로 조절한다. 만일 목욕물이 적정 온도보다 높을 때에는 화상을 입을 수 있으며, 반대로 적정 온도 이하일 때에는 감기에 걸릴 염려가 있다. 그러나 '적당한 온도'라면 기분 좋은 상태에서 목욕을 즐길 수가 있다.

이렇듯 인간의 신체는 '알맞은 상태'를 유지하려는 생리적 작용이 있다.

배가 너무 고파도 불쾌하고, 배가 너무 불러도 불쾌하다. 또 지나치게 더워도 지나치게 추워도 좋은 기분이 되지 못한다. 그래서 신체는 덥다고 느껴지면 땀이 나게 하여 체온을 낮춘다. 또한 수면이 부족하면 졸음이 오고, 배가 고프면 무엇인가 먹고 싶어진다.

■ '가장 알맞은 상태'가 되도록 하는 것이 호메오스타시스의 작용

● **금단증상도 호메오스타시스인가?**　마약 등의 약물을 자주 사용하는 사람들은 약효가 떨어지면 금단증상이 나타난다. 이것은 인공적인 호메오스타시스가 형성된 것이라고 생각할 수 있다.

즉, 인간의 신체는 개체의 생리상태를 적정 수준으로 유지시키는 작용을 하고(기능하고) 있다.

'캐넌(Cannon, Walter Bradford)'은 이 작용을 '호메오스타시스(Homeostasis:균형유지, 동질정체)라고 했다.

호메오스타시스는 몸을 항상 일정한 상태로 유지하려는 성질을 말하는데, 그러한 상태가 무너질 경우 동기(욕구)가 발생한다는 것이다.

만족하지 못하므로 더욱 노력한다

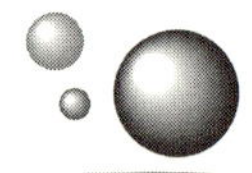

◆ 머슬로우의 동기의 단계

'현재의 생활에 크게 만족하고 있다. 이제 아무것도 바랄 것이 없다. 계속 이런 상태로 살아갔으면 좋겠다.'

이와 같은 생각을 평생동안 몇 번이나 가져볼 수 있을까? 어쩌면 단 한 번도 갖지 못하고 죽어갈지도 모른다.

그렇다고 해서 조금도 비관할 필요는 없다. 왜냐하면 현재의 생활에 만족하지 못하고 있다는 것은 곧 장래에 만족이 있을 것이라는 증거가 아닐까?

머슬로우는 '인간은 자기실현을 지향하여 성장해가는 동물'이며, '인간의 동기는 단계적인 구조를 갖고 있다'고 했다.

◆◆◆────────────────────────────────

● **올포트(Allport, Gordon Willard : 1897~1967)의 동기에 대한 사고** 미국의 사회심리학자. 인간의 동기는 단계적인 것이 아니라 각기 독립된 것이라고 생각했다. 이로써 '종교적 가르침을 지키기 위해 목숨까지도 버린다'는 행위적 설명이 가능하다.

인간에게는 우선 '먹는다, 잠을 잔다, 배설한다' 등의 생리적인 1차적 욕구가 있다.

이와 같은 욕구가 어느 정도 충족되면 '안전한 곳에서 살고 싶다'는 안전과 안정에 대한 욕구가 고개를 들게 된다. 그리고 이 단계의 욕구가 충족되면 '동료 또는 집단에 소속되고 싶다'는 소속욕과 사랑을 받고 싶다는 욕구, 그리고 '자신의 능력을 인정받고 싶다'는 사회 승인 욕구가 뒤따르며, 마지막으로 '자신의 재능, 능력, 가능성을 개발하고 싶다'는 자기실현 욕구가 생기게 되는 것이다.

'먹는 것과 입는 것이 풍족해야만 예의를 차릴 수 있다'는 말과 같이, 머슬로우의 관점에서 생각한다면 인간은 대체로 그들 자신의 독특한 욕구순서에 따라 행동하는 것으로 볼 수 있다.

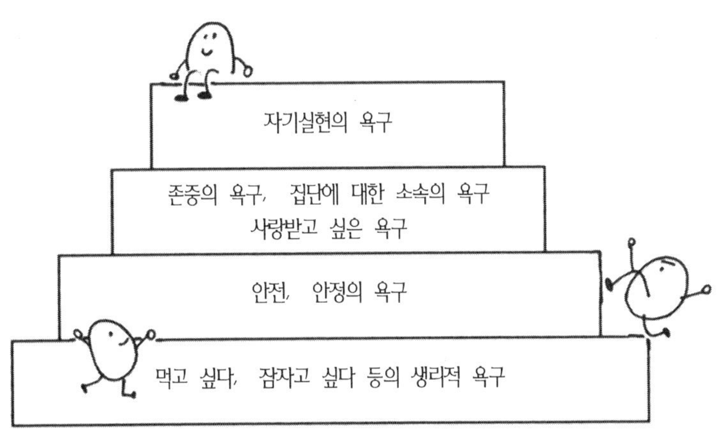

■ 머슬로우의 동기의 단계

'아름다워지고 싶다'는 생각은
'승인욕구'의 탓이다

　여성잡지의 경우 다이어트를 특집으로 꾸며 놓으면 판매실적이 폭발적으로 뛰어 오른다고 한다. 별로 뚱뚱하지 않은데도 '더욱 날씬해지고 싶다'는 여성을 만나면 의아한 생각을 떨칠 수가 없다.

　그런데 이 아름다운 몸매를 바라는 여성의 마음은 실은 사회적 승인의 욕구와 깊은 관계가 있다.

　몸매에 대해 극도로 신경을 쓰는 젊은 여성들은 현재의 자기 몸매가 보기 싫다는 생각에서 자기 자신에 대해 혐오감을 갖는다는 것이다. 이와 같은 원인은 어릴 때 부모를 비롯하여 주위 사람들로부터 흡족한 사랑을 받지 못했기 때문이라는 설도 있다.

　교육열이 높은 부모는 자식에게 거는 기대가 매우 크다. 그래서 학원에도 보내고 과외공부도 시킨다. 이와 같은 부모의 큰 기대가 어느 사이엔가 자녀들에게 심리적 부담으로 작용한다. 그래서 '나는 공부를 잘 해서 반드시 부모님으로부터 인정을 받겠다'는 생각으로 마음이 부풀어 오른다.

　어릴 때에는 부모로부터 인정받고 싶다는 생각으로 꽉 차 있지만, 차츰 나이가 들어갈수록 인정의 대상이 이성이나 사회적인 것으로 옮겨진다. 그리고 대상으로부터 인정을 받으려면 무엇보다도 좋은 면에서 주목을 받아야 한다는 생각에서, 여성의 경우 교양이나 예절, 다

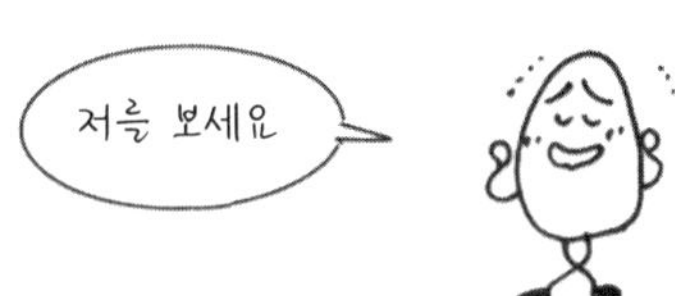

이어트에 대해 열을 올리게 되는 것이다.

이런 일은 비단 여성에게만 국한된 것이 아니다. 젊은 남성이 미용 팩을 하거나 머리모양에 신경을 쓰는 것도 그 근본을 따진다면 모두 '인정받고 싶다' '주목받고 싶다' 는 심리의 결과라고 할 수 있다.

효과적인 부탁방법

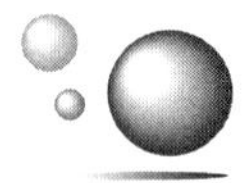

사람은 누구나 윗사람이나 주위 사람들로부터 인정을 받고 싶어하는 승인욕구를 지니고 있다.

이 승인욕구를 역으로 잘 이용하면 남에게 부탁하려는 일들이 순조롭게 이루어지기도 한다.

예를 들어 윗사람이 부하에게 무슨 일을 부탁하려고 할 때 "A사원과 B사원이 다 바쁜 듯하니 자네가 이 일을 해주면 어떨까?" 하고 말하는 것보다는, "이 일은 자네밖에 할 사람이 없단 말이야! 수고 좀 해주지 않겠나?" 하고 말하는 것이 더 효과적이다. 이런 식으로 윗사람이 말하면, 비록 그 말이 겉치레하는 말이라는 생각이 들더라도 그 일을 순순히 받아들여 열심히 하게 될 것이다.

즉, 상대방이 갖고 있는 승인욕구를 자극해 줌으로써 '나는 인정을 받고 있다'는 만족감에 도취되어 자기를 인정해 준 상사의 부탁을 기분좋게 수용하는 것이다.

이와 같은 승인욕구의 원리는 자녀교육에도 적용된다. 공부에 있어서나 체력단련에 있어서 '정말 잘 했어!'라고 인정을 해 주면 그 아이는 부모에게 더 잘 보이려고 더욱 열심히 노력할 것이다.

욕구불만을 어떻게 해소시킬 것인가?

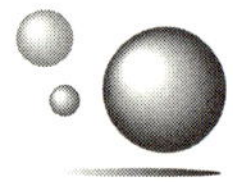

심리학에서는 '사람의 행동은 동기(욕구)와 목표의 가교역할을 하는 것과 같다'고 말한다. 그러나 현실적으로는 사람의 행동이 항상 동기→행동→목표라는 도식으로 순조롭게 흐르는 것만은 아니다.

예를 들면, '좋아하는 사람과 연애를 하고 싶다'는 동기가 발생했다 하더라도 상대방에게 사랑하는 연인이 있다면 그 동기(욕구)가 충족되지 못할 것이다.

이처럼 목표를 장해물이 가로막아 동기(욕구)를 이루지 못할 때 생겨나는 마음의 응어리를 '욕구불만 또는 욕구좌절(Frustration)'이라고 한다.

● **투사(Projection)**　자아방어 반응의 하나로서, 자신의 결함이나 바람을 타인에게 전가하는 일. 인색한 사람이 남을 보고 인색하다고 하거나, 얌체짓을 하는 사람이 남에게 그런 식으로 하고 있다고 생각하는 행위.

■ 욕구불만이 되면 사람들은 어떤 행동을 하나?

◆◆◆

● **반동형성(Reaction-Formation)**　 자아방어 반응의 하나로서, 자신이 생각하고 있는 것, 원하고 있는 것과 전혀 반대되는 행동을 하는 것을 말한다.

그렇다면 욕구불만은 사람으로 하여금 어떤 행동을 일으키게 할까?

예를 들어, ‘결혼까지도 생각할 만큼 좋아하는 남성을 발견했지만 알고보니 그에게는 부인이 있다는 사실을 알게 되어 크게 쇼크를 받은 A양의 경우’를 살펴보도록 한다.

대체적으로 욕구불만에 사로잡히면 복잡한 행동패턴이 나타나는데, 특히 그 가운데에는 ‘우회반응’이라는 현상이 있다. 즉, 자신의 욕구불만을 어떤 식으로든 채워보려는 시도를 말한다. 가령 A양의 경우, 설사 상대방에게 부인이 있다해도 최소한 그의 애인만이라도 되고 싶어한다. 이를 ‘우회반응’이라고 한다.

보다 극단적인 행위로는 목표를 달성하기 위해 장해물을 제거하려는 ‘공격행동’을 취하는 경우도 있다. A양의 경우, 부인을 골려 주거나 최악의 경우 부인을 살해할 수도 있다.

그런데 만일 A양이 마음이 약한 사람이라면 ‘퇴각적 반응’을 취하게 될지도 모른다. 이같은 현상은 자신의 욕구를 축소시켜 체념하는 일이다.

또한 ‘대상적 반응’이라는 것도 있다. 이것은 A양의 경우, 얼굴이 비슷한 다른 남성을 선택하여 욕구불만을 해소시킨다는 것이다.

이 밖에도 ‘자아방어 반응’이라는 것도 있다. 이것은 자신의 욕구를 달성시키기보다는 욕구불만의 상태를 완화시키려는 반응이다. 그 중에서도 대표적인 것이 ‘합리화’이다. 예를 들면, ‘설사 그 남자와 결혼을 한다해도 행복하지 못할 것 같아서…’라는 가정 하에 자신의 행동을 정당화하려는 것이다. 어쨌든 우리의 삶이 건강해지려면 욕구불만을 적절히 해소하는 것이 중요하다.

◆ ◆ ◆ ────────────────────────────────────

● **합리화(Rationalization)** 이솝 우화에 나오는 이야기로서, 높은 곳에 매달려 있는 포도송이를 따먹지 못한 여우가 ‘저 포도는 틀림없이 실거야’라고 하면서 자신의 실패를 합리화시킨다.

핑계를 미리 준비해 둔다

'셀프 핸디캡'이라는 말이 있다. 이 말은 심리학 용어의 하나로서, 자신에게 핸디캡을 줌으로써 실패했을 경우 또는 욕구가 충족되지 못했을 경우 그 충격을 완화시켜 주는 일종의 자아방어 수단이다.

예를 들어, 지능 테스트를 실시하기 전에 '지금 당신의 컨디션은 어떻습니까?' 하고 물어 보면, 대부분의 사람들이 '별로 좋지 않습니다'라고 대답한다는 것이다.

3 행동 뒤쪽에는 욕구가 도사리고 있다

이것도 일종의 셀프 핸디캡이다. 즉, 자신의 컨디션이 좋지 않다고 미리 알려 두면 지능 테스트의 성적이 나쁘더라도 그것이 하나의 핑계가 될 수 있기 때문이다.

사람은 누구에게나 프라이드가 있기 마련이다. 그리고 그 프라이드는 자신이 생각하는 것보다 훨씬 높으며, 프라이드가 무너지는 것을 매우 두려워한다.

셀프 핸디캡은 의식적, 무의식적으로 프라이드를 지키려는 심리적 메커니즘이며, 사람들은 그것을 모든 면에서 활용하고 있다.

'자신이 좋아하는 사람이 자신을 거들떠보지도 않는 것은 자신의 얼굴이 못생겼기 때문이다.'

혹시 자신을 이런 식으로 생각해 본 일은 없는가? 이런 생각도 하나의 셀프 핸디캡이라고 할 수 있다.

왜 다시 시작하려고 하는가 ?

◆ 욕구불만의 회피

욕구불만의 대응방법 가운데에는 '다시 시작하는' 재출발 방법이 있다.

예를 들면, 영어 단어를 암기할 때 왠지 잘 외워지지 않는 경우가 있다.

이럴 때는 일단 휴식을 취한 다음 공부를 계속하기도 한다. 그런데 휴식이 끝난 다음 앞서의 것을 계속하는 것이 아니라 원점에서 다시 시작하는 사람이 있다.

이와 같은 행동은 다시 출발점으로 되돌아 감으로써 지금까지의 욕구불만을 깨끗이 해소시킬 수 있다는 심리가 작용하기 때문이다.

영어 단어를 암기할 경우 처음 두서너 개 정도는 비교적 쉽게 외울 수가 있지만, 차츰 그 단어수가 늘어나면 기억하기가 매우 어려워진다. 이와 같은 곤란(즉, 욕구불만)을 가급적 뒤로 미루어 놓으려고 다시 처음부터 시작하는 것이다.

이 '다시 시작'한다는 것은 궁극적으로 욕구불만을 해소하거나 연기하려는 뜻에서 취해지는 행위이다. 따라서 이 시점까지는 완전한 욕구불만에 이르지 않았다는 것을 뜻한다. 그래서 앞으로 욕구불만이 심화될 것 같은 예감이 들면, 그것을 회피하거나 뒤로 미루겠다는 심리에서 이처럼 '다시 시작'하는 과정을 밟게 되는 것이다.

가끔 직장을 바꾸거나 좋아하던 연인을 바꾸는 사람이 있다. 이런 사람은 언젠가 닥칠지 모르는 욕구불만을 차단하거나 최소화하기 위한 대비조처를 미리 해두는 것이라고 할 수 있다.

일이건 연인이건 전혀 불만이 없는 최상의 상태란 있을 수 없다. 그럼에도 불구하고 사람들은 완전을 추구하여 자신의 뜻대로 되지 않으면 지금까지의 노력을 포기하고 처음부터 다시 시작하려고 한다.

이대로 가다가는 가까운 장래에 틀림없이 욕구불만에 빠질 것이라

고 예측하여, 이에 대한 대비책으로 일이나 사람을 바꾸는 것이다.

지속성을 무시하고 '새로 시작한다'는 변덕스러운 기질의 소유자는 욕구불만을 참고 견딜만한 인내심이 부족하다고 할 수 있다. 따라서 잠시 기분을 전환하고 난 후 다시 계속하는 것이 바람직하다.

못하게 말리면 더 하고 싶어진다

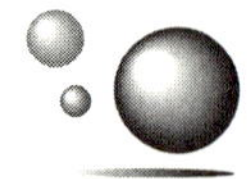

당신이 다니던 학교는 교칙이 엄한 학교였는가, 아니면 그 반대였는가?

만일 규율이 엄한 학교였다면, 아마도 당신은 사람들이 보지 않는 곳에서 담배를 피웠거나 몰래 영화관 출입을 했을지도 모른다.

또한 지정된 교복이 있지만 무엇을 입어도 상관하지 않는다는 학교

방침이 있었다면, 당신은 오히려 지정된 교복을 입고 학교를 다녔으리라고 짐작해 본다.

이처럼 하지 말라고 말리면 말릴수록 더 해보고 싶은 것이 인간의 심리이다.

'앗슈모어'라는 사람은 다음과 같은 실험을 하였다.

어느 대학의 학생에게 부탁하여, '어떤 일이 있어도 경찰을 대학 구내에 불러 들여서는 안된다'는 주제의 강연회를 기획하도록 한 후, 전교생에게 강연회의 날짜와 시간을 알려주도록 했다.

한편 대학 당국에 대해서는, 이 강연회에 학생들이 절대로 참석해서는 안된다는 내용을 발표해 달라고 부탁했다.

며칠 후 강연회가 대학 당국에 의해 중지된 것을 알게 된 학생들을 대상으로 '경찰이 구내에 들어오는 것을 어떻게 생각하느냐'는 앙케트를 실시하였더니, '반대한다'는 의견이 강연회 개최 사실을 알고 있기 전보다 압도적으로 늘어났다고 한다. 즉, 학생들은 대학 당국이 강연회를 중지시켰기 때문에 '그 강연회는 대단히 영향력이 큰 강연

◆ ◆ ◆ ─────────────────────────

● **리액턴스를 이용하는 방법** 백화점 등의 매출 포스터에는 '오늘뿐'이라던지, '한정상품'이라는 글귀가 씌어 있다. 이것은 일부러 한정조건을 내세워 고객의 욕망을 부채질하려는 것이다.

회일지도 모른다'는 확신을 가지고 강연내용의 가치를 평가했던 것이다.

이 실험만으로는 불충분하다고 생각하여, 이번에는 다른 대학을 설정하여 '대학 당국은 경찰을 대학 구내에 불러들여도 괜찮다'는 정반대의 주제로 강연회를 기획했다가 중지시켰다. 그런 다음 '경찰이 대학 구내에 들어오는 것을 어떻게 생각하느냐'는 앙케트를 실시하였더니 '찬성한다'는 의견이 대다수를 차지했다고 한다.

이 실험을 통해서 알 수 있는 것은, 어떤 일을 강자에 의해 금지당할 경우 그것이 오히려 매력있게 느껴진다는 사실이다.

예를 들어, 이 실험에서 나타난 것처럼 사람들이 자신의 자유를 빼앗길 염려가 있다거나, 또는 실제로 자유를 박탈당하면 금지된 것을 굳이 하려고 하는 경향에 대하여 '프레임'은 '리액턴스(Reactance : 반동, 저항)'라는 이름을 붙였다.

감정의 연구

감정의 구조와 행동에 대해 연구를 하는 것이 감정심리학 분야이다. 감정심리학을 공부하는 데 있어서 우선 중요한 것은 감정이 어떤 식으로 일어나겠는가 하는 메커니즘을 이해하는 일이다. 그러기 위해

● **고대 인도의 거짓말 탐지기** '옆방 암실에 당나귀 한 마리를 준비해 놓고 거짓말쟁이가 당나귀 꼬리를 잡으면 물어 뜯는다'고 말한다. 그러면 거짓말쟁이는 꼬리를 잡는 시늉만 하게 된다. 당나귀 꼬리에 검댕이를 묻혀 두었기 때문에 그만 거짓행동이 탄로나게 된다.

서는 대뇌생리학에 대한 공부가 필수적이다.

뇌의 어느 부분이 감정을 관장하고 있으며, 감정이 전달되는 구조는 어떻게 되어 있는가? 이러한 것들을 모르고는 절대로 감정의 정체를 밝혀낼 수 없다.

실제적인 연구로, 동물실험을 이용하여 뇌 안의 뉴런(Neuron:신경세포)의 활동이나 반사중추의 작용을 조사하기도 한다. 의외일 수도 있지만, 문과계의 심리학에서도 이러한 이과계의 지식이 필요하다.

또 감정심리학에서는 감정이 어떠한 행동을 취하도록 만드느냐, 표정은 어떤 식으로 변화하는가 등 감정표출의 연구까지도 아울러 행하고 있다.

감정심리학 연구의 부산물로서 범죄수사 등에서 사용되고 있는 거짓말 탐지기가 등장하였다.

거짓말을 한 사람은 '자신의 거짓말이 탄로나지 않을까' 하는 두려움과 걱정을 하게 된다. 이러한 감정을 가지면 갑자기 땀이 나고 심장의 박동수가 상승하며, 호흡이 빨라지는 동시에 안구의 초점이 흐트러지는 경향이 있다는 것이 실험에 의해 확인되었다. 이런 현상은 아무리 태연하게 거짓말을 하는 사람이라도 다소나마 겉으로 나타난다고 한다.

그러한 변화를 놓치지 않고 측정하는 기계가 거짓말 탐지기이다. 심리학에서는 이것을 폴리그래프(Polygraph)라고 한다.

현재 공학분야에서 로봇에 대한 연구가 성행하고 있는데, 로봇과 인간의 결정적인 차이는 감정이 있느냐 없느냐의 구분이다.

따라서 보다 인간에 가까운 정교한 로봇을 만들어 인류발전에 기여하도록 하려면, 감정 연구가 대단히 중요한 몫을 차지하고 있다고 할 수 있다.

감정은 목숨을 지키는 무기

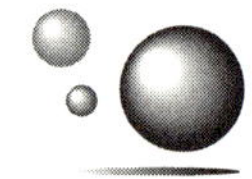

'어쩐지 저 사람은 생리적으로 싫다!'

이런 감정을 가져본 사람들이 꽤 많이 있을 것이다. 똑같은 행동을 A라는 사람이 했을 때에는 아무렇지도 않다가, B라는 사람이 했을

● **감정(Sentiment)의 특징** 감정은 주관적이며, 생리적 변화를 가져오게 하고, 행동을 일으키게 하는 동기가 되기도 한다.

때에는 공연히 트집을 잡게 되는 경우가 있다.

이처럼 인간에게는 이성으로는 억제할 수 없는 본능적인 감정이 있다. 이와 같은 감정은 인간이라는 생물이 살아가는 데 없어서는 안될 필요한 수단이라고 생각하는 견해가 있다. 즉, 자신의 생존을 위협하는 적을 직감적으로 판단하기 위해 이러한 감정이 발달하였다고 할 수 있다.

인간의 감정이 처음 발달하게 된 동기가 공포였을 가능성이 크다는 설이 있다. 그리고 이 공포의 감정이 분화하여 슬픔이나 노여움, 기쁨 등의 섬세한 감정으로 발전되었다는 추측을 한다.

이렇게 생각해 볼 때 생리적으로 거부반응을 나타내는 것은, 자신이 불쾌한 사람과 함께 있으면 불쾌한 기분이 될 우려가 있으므로 가급적 그 자리를 피하는 것이 좋다는 동물적인 직감이라고 할 수 있다.

그러므로 감정은 이성보다 강하며, 그 감정이 빨리 전달되도록 되어 있다. 목숨이 위험에 처했을 때, 이것저것 머리로 생각한 다음 행동에 옮기다가는 목숨을 잃을 수도 있기 때문이다.

예를 들어, 위험하다고 느끼는 순간, 사람들은 반사적으로 뒤로 물러선다. 이는 자신을 위험으로부터 보호하기 위해 감정이 민감하게 작용하였기 때문이다.

감정은 학습에 의해 몸에 지니게 된다

감정은 자신의 욕구가 충족되었는지의 여부를 가늠하는 '잣대' 이기도 하다.

일반적으로 음식을 먹고 배가 부르면 만족과 행복감을 느끼듯이, 생존에 플러스가 되는 자극에는 쾌감을, 생존에 마이너스가 되는 자극에는 불쾌감을 느끼는 경향이 있다. 그러나 가학성 변태성욕자나 피학대 성도착증에 걸린 사람은 매로 때리거나 맞거나 하는 것을 쾌감으로 받아들이는 예외도 있으므로, 감정 그 자체를 한마디로 단정하기는 어렵다.

어쨌든 똑같은 상황에서도 감정의 차이가 있는 것은 개인의 감정체험, 과거의 기억이나 학습의 영향을 받기 때문이다. 예를 들면, 과거에 개에게 물려 큰 상처를 입은 사람은 어떤 개를 보더라도 두려움에 사로잡힐 것이다.

감정은 선천적이라고 생각하기가 쉽지만, 왓슨은 '학습에 의해서 몸에 지니게 된다'는 주장을 제기하였다.

그는 아기가 극히 한정된 범위 내에서 노여움이나 공포감을 나타내는 데 반해, 성인은 거의 여러 면에서 노여움이나 기쁨을 나타내는 것은, 성장과정을 통해 감정의 학습을 쌓아 왔기 때문이라고 주장했다.

◆◆◆ ─────────────────────────────

● **왓슨이 한 말** '나에게 한 다스의 아이와 특수한 환경을 마련해 준다면 어떤 전문가라도 만들어 낼 자신이 있다.' 이는 그의 생각을 잘 나타낸 유명한 말이다.

■ 왓슨의 공포의 조건부여 실험

(1) 생후 11개월의 갓난아이에게 흰 쥐를 한 마리 보여 주었다. 아기는 호기심이 생겨 쥐를 만지려고 한다.

(2) 아기가 쥐를 만지는 순간 아기의 등 뒤에서 큰 소리가 나게 한다.

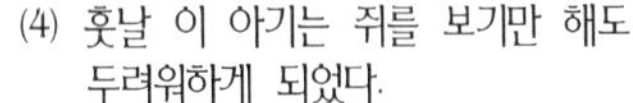

(3) (2)를 몇 번 되풀이한다.

(4) 훗날 이 아기는 쥐를 보기만 해도 두려워하게 되었다.

왓슨은 생후 11개월의 아기를 모델로 하여 그림과 같은 실험을 해 보았다. 이 실험을 통해 우리들도 기쁘거나 슬픈 경험을 쌓으면서 성인이 될 때까지 여러 가지 감정학습을 해 왔다는 것을 알 수 있다.

슬프니까 우는 것인지, 우니까 슬퍼지는 것인지?

슬픔을 참지 못하고 눈물을 흘리거나, 노여움을 참지 못하고 얼굴이 붉어지는 경우가 있다. 우리들은 상식적으로 '기쁘니까 웃고', '슬프니까 울며', '화가 나서 얼굴이 붉어진다'고 생각한다.

그런데 전혀 반대의 주장을 편 사람이 바로 제임스(W. James)와 랑게(C. Lange)이다. 그들은 '웃으니까 기쁜 감정이 생기며, 우니까 슬픈 감정이 생긴다'고 생각했다.

예를 들어, '슬프다'라는 감정이 일어나는 과정을 이들의 관점으로 살펴보자.

우선 눈물이 나오는 신체적인 변화가 나타나면, 그 변화가 뇌에 전달되어 뇌가 '슬프다!'는 감정을 나타내게 된다는 것이다.

이와 반대되는 의견으로 '캐넌-버드 설'이 있다.

이 설은 대뇌 아래 부분에 있는 시상하부에서 감정이 발생한다는

주장이다. 시상하부에서 '슬프다'는 감정이 일어나면, 그것을 대뇌가
포착하여 '울어라! 울어라!' 하고 신체의 해당기관에 명령한다는 것
이다.

3 행동 뒤쪽에는 욕구가 도사리고 있다

제임스-랑게 설   캐넌-버드 설

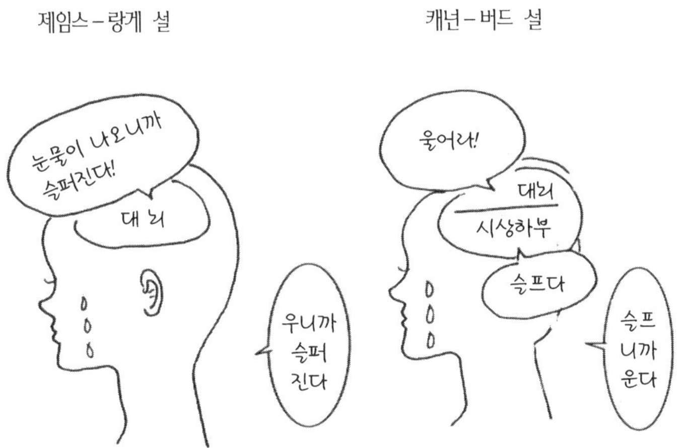

■ 사람은 슬프니까 우는가, 우니까 슬퍼지는가?

사랑과 미움은 종이 한 장 차이

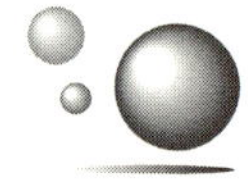

◆ 카타스트로피 이론

사랑하는 연인이나 결혼상대, 그런가 하면 자신의 귀여운 자식까지도 살해하는 끔찍한 사건이 어느 시대를 막론하고 근절되지 않고 있다. 이러한 잔악한 사건은 도대체 어떤 심리가 작용하여 발생하는 것일까?

예를 들어, 아내가 바람을 피운다는 사실을 알게 되었다고 하자. 아내를 매우 사랑하였음에도 배신을 당한 것이다. 만약 아내를 조금도 사랑하지 않았거나 사랑이 식어가고 있었다면 아내를 살해할 만큼의 미운 감정은 일어나지 않았을 것이다. 즉, 뜨겁게 사랑하였기 때문에 그 사랑이 미움으로 바뀌게 됨으로써, 극단적인 경우 살인까지 하게 되는 것이다.

'사랑이 미움으로 바뀌는 상태'는 그야말로 순간적이라고 할 수 있다. 상대방과 이야기를 하는 도중 갑작스럽게 증오심이 폭발하거나, 홀로 상대방에 대해 이것저것을 생각하던 중 갑자기 미운 생각이 든다거나…….

이처럼 사랑과 미움이라는 상반된 감정이 갑자기 서로 뒤바뀌는 심리를 심리학에서는 '카타스트로피(Catastrophe) 이론'이라고 한다.

인간의 마음에는 항상 모순된 감정이 있다. 예를 들어, 불쾌한 것을 피하고 싶은 심리가 있는가 하면, 동시에 불쾌한 것에 가까이 접근하고 싶다는 모순된 심리가 마음 속에 내재되어 있다.

전율감을 맛보려고 공포영화를 보러 가는 것이 그 한 예이다.

이와 같은 상반된 감정 가운데 불쾌한 감정은 평소 마음속 깊은 곳에 억압되어 있다가 흥분상태에 이르면 갑자기 의식의 표면으로 튀어나오는 경향이 있다.

의욕적으로 일이나 사업에 몰두할 때에는 늠름하고 발랄한 모습을 보이다가도, 그것이 실패로 끝나는 순간 '나는 쓸모 없는 인간이다' '차라리 죽는 것이 낫다'고 생각하여 자살해 버린다. 이는 실패라는 사태가 일종의 흥분상태로 변화되어 '죽음'이라는 불쾌한 상태를 선택하게 한 것이라고 설명할 수 있다.

주로 여성에게서 많이 볼 수 있는 비극의 주인공같은 자의식과 같은 것이다. 무거운 짐(책임)을 혼자서 진다거나 '행복한 것이 도리어 겁이 난다'는 생각에서 사랑하는 애인 곁을 떠나는 것도, '카타스트로피 이론'에 의하여 갑자기 자각한 불쾌 쪽으로 접근하는 것이라고 해석할 수 있다.

이처럼 모순된 마음을 공유하고 있기 때문에, 인간은 때로 이해할 수 없는 행동을 하는 것이다.

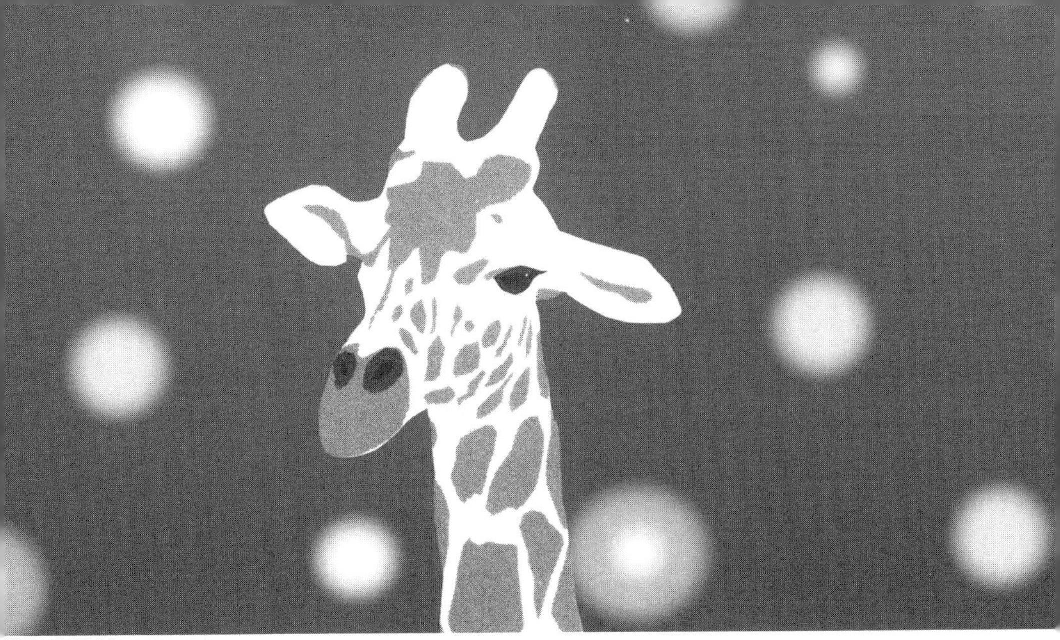

4

마음은 성격이 되어 나타난다

성격은 행동에 나타난다

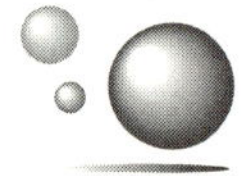

　조선시대 5대 임금이었던 문종은 세종의 맏아들로서 학문에 밝고 인품이 관후했지만, 성격이 극히 내성적이며 온순했다고 한다. 이에 반하여 후일 조카 단종을 폐위시키고 7대 왕으로 등극한 세조는 문종의 동생인데, 성품이 활달하고 매사에 야심만만하여 늘 도전적이었다고 전해진다.

　우리들은 그들을 본 적도 없고, 그들과 가까이 한 적도 없다. 그럼에도 불구하고 '문종' 하면 매우 허약하고 우유부단한 인물처럼 여겨지고, '세조' 하면 기개가 장대하고 박력이 있는 인물처럼 여겨진다. 이와 같은 우리의 객관적 판단은 사가들이 묘사한 그들의 신체적 조건이나 성격 및 행동의 묘사에서 비롯된 것이다.

　행동의 바탕이 되는 것은 그 사람의 감정, 욕구, 의지, 인간관계 등이다. 사람이 밝은 행동을 하거나 어두운 행동을 하는 것은 그 사람의 그때그때의 기분이나 감정의 변화 때문이며, 정열적일 때와 냉담할 때의 차이는 욕구의 유무나 강약에 관계된다. 그리고 하나의 목표에 대해 집념이 있느냐 없느냐는 그의 의지와 관련이 있다.

　즉, 성격이란 행동에 나타나는 어떤 일관성있는 그 사람의 특징이라고 할 수 있다.

　심리학에서는 '감정과 욕구' '지각의 구조' 등 사람의 행동을 부분

● **성격(Personality)**　그리스 어의 '마음 속에 새겨진 것' 이라는 뜻에서 비롯되었다. 본래의 뜻은 '선천적인 것이어서 바꾸기가 곤란한 것' 이라는 의미를 담고 있다.

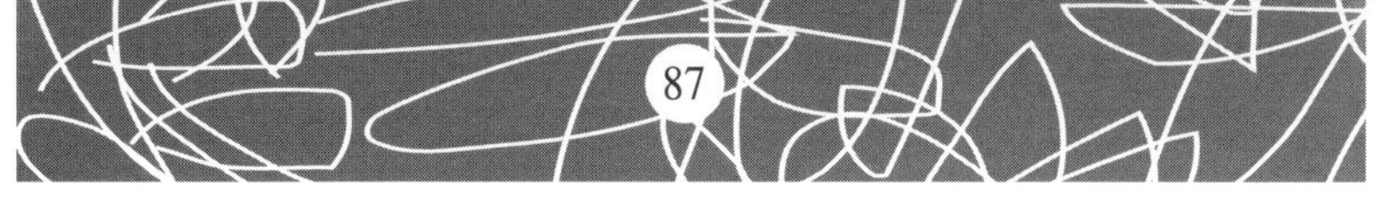

4

마음은 성격이 되어 나타난다

적으로 연구하는 경우가 많다. 그러나 성격은 신체적인 것과 심리적인 것을 모두 포함한 인간의 전체적인 것을 바탕으로 연구한다.

뚱뚱한 사람의 성격, 마른 사람의 성격

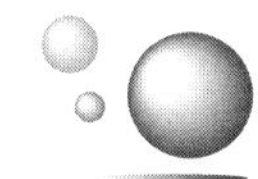

◆ 성격의 분류법·1

'성격의 유형론'이라는 것이 있다.

이것은 일정한 기준을 정해 놓고 유형별로 성격을 분류해 가는 방법이다. 유형론은 역사적으로 꽤 오래 되었으며, 분류방법에 여러 가지가 있다. 그 가운데 성격을 체형으로 분류한 '크레치머의 유형론'이 유명하다.

크레치머(Kretschmer, Ernst : 1888~1964, 독일의 정신의학자)는 인간의 체형을 '마른형', '비만형', '투사형'의 3가지 유형으로 분류하고, 다음과 같은 성격분석을 했다.

'마른형'의 사람

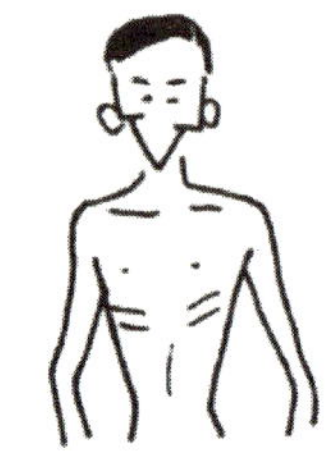

분열성 기질의 소유자이다. 말수가 적고 자신의 세계 속에 칩거하려는 경향이 있어, 외부세계의 움직임이나 사람들과의 관계에 대해 별로 관심이 없거나 미약하다. 다소 신경질적이기는 하지만 성실한 면도 있다.

사소하고 하찮은 말에도 과잉반응을 보이는 반면, 다른 사람의 감정에는 전혀 무관심하거나 둔감하다. 약간 차가운 인상을 주기 쉽다.

'비만형'의 사람

일반적으로 조울성(우울증인 사람이 갑자기 기분이 좋아지는 정도가 심한 타입으로 이 성격이 반복되는 유형) 기질의 소유자이며, 자유분방하고 개방적이다. 주위 사람들과 부담없이 편한 마음으로 사귀며, 누군가가 곤경에 빠져 있을 때에는 발벗고 나서서 그를 도와주려고 하는 것이 이 유형의 특징이다.

다만 감정의 기복이 심하여 명랑한 태도를 보이다가도 갑자기 침울해지는 것이 특징이다.

'투사형'의 사람

이런 유형의 사람은 대체적으로 점착성 기질을 기지고 있다. 도덕적인 면이 있는 데다가 착실하고 꼼꼼한 성격의 소유자이다.

또한 바르지 못한 것을 싫어하며, 정의감이 남보다 배 이상이나 강하다. 보편적으로 완고하고 외골수적인 면이 있어서, 자신의 의견을 끝까지 밀어붙이는 특징이 있다.

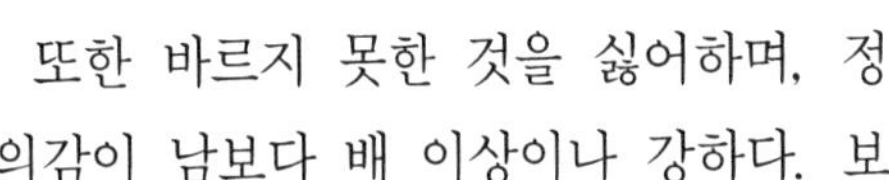

울화가 치밀어 오를 때에는 과격한 행동을 서슴지 않는다.

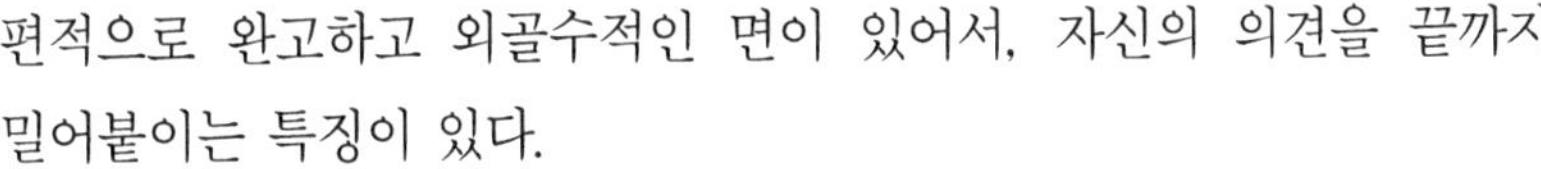

성격은 눈으로 보지 못하지만, 체형은 충분히 눈으로 볼 수 있으며 짐작할 수도 있다.

체형과 성격의 관계에 주목했다는 점에서 정신의학은 또하나의 발걸음을 내딛었다고 할 수 있다.

외향형과 내향형

◆ 성격의 분류법 · 2

인간의 심적 에너지(리비도)가 그 사람의 외부를 향하고 있는지, 아니면 내부를 향하고 있는지의 여부에 따라 그 사람의 성격을 분류한 사람이 '융'이다.

그는 성격을 외향형과 내향형으로 구분했다. 그의 분석에 의하면 외향형과 내향형의 특징은 다음과 같다.

· **외향형**…관심이나 주의를 항상 자신의 외부로 향하고 있다. 그런 까닭에 사물을 파악하는 방법이 객관적이다. 밝고 개방적이며 행동력도 있지만, 어떤 큰 기회에 직면하면 책임문제는 뒤로 제쳐놓고 그 기회를 포착하는 데만 집착한다.

· **내향형**…관심이나 주의를 항상 자기 자신에게 향하고 있다. 그래서 사물을 파악하는 방법이 주관적이다. 대체로 타인의 행동에 간섭하지 않으며, 현실을 경시하는 경향이 있다.

그러나 실제로 현실과 타협하지 않고는 살아갈 수가 없기 때문에, 극단적인 경우 자신의 내면에 현실을 맞추려는 사람도 있다. 반체제를 부르짖는 혁명가나 정치가들이 그러한 예라고 할 수 있다.

생각하는 것이 대담하고 활동적이어서 '외향형'처럼 보이지만, 알고 보면 '내향형'인 경우도 있다.

● **융의 리비도** 프로이트가 리비도를 성적 욕망의 에너지라고 규정한 데 비해 융은 일반적인 심적 에너지로 규정하였다.

성격은 어떻게 만들어지나?

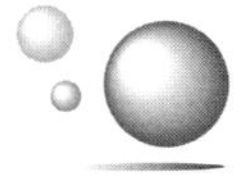

크레치머의 체형별 유형론이나 융의 외향형, 내향형 이론에 의해 어느 정도 성격을 분류할 수 있지만, 실제로 사람들의 성격은 각양각색이다.

그렇다면 사람의 성격은 어떻게 만들어지는 것일까?

부모를 닮기도 하며, 자라난 환경에 영향을 받기도 한다.

성격형성에 대한 연구는 아직까지 결론을 내리지 못하고 있는 것이 현실이다. 최근에 와서는 부모로부터 이어받은 유전자와 어릴 때의 양육환경이 복잡하게 얽혀 영향을 준다는 견해가 유력하다.

'유전자가 성격에 크게 영향을 준다'는 사실은 일란성 쌍둥이와 이란성 쌍둥이의 성격비교 실험에서 분명히 밝혀지고 있다. 즉, 일란성 쌍둥이는 둘 다 똑같은 유전자를 갖고 있으며, 이란성 쌍둥이에 비해 일란성 쌍둥이 쪽이 성격상의 공통점이 많다는 점에서, 성격형성에 미치는 유전자의 영향을 짐작해 볼 수 있다.

이밖에 늑대에게 양육된 '아말라'와 '카말라' 자매의 이야기는 너무나 유명하다. 그녀들을 보더라도 유아시절의 환경은 성격을 좌우하는 데 큰 요인이 되고 있음을 알 수 있다. 특히 부모의 육아방법, 양육태도, 교육수준, 가족구성, 가족의 경제상태, 가족의 사회적 지위, 인간관계, 거주지의 환경, 문화 등이 성격형성에 크게 영향을 주는

● **형제의 성격** 기업체의 사장 중 약 40% 정도가 맏아들인 데 비해, 스포츠계에는 비교적 막내 아들이 많다는 통계가 있다. 이처럼 형제간의 위치관계도 성격형성에 영향을 미친다고 한다.

요인이 되고 있다.

이 중에서도 특히 중요한 것이 자녀들의 바로 옆에서 생활하는 어머니의 양육태도이다.

사랑하는 자식이지만 때로는 밉다는 생각이 들기도 하고, 성질이 못되었다고 개탄하기도 하지만, 따지고 보면 그런 자식의 성격을 만들어 낸 사람이 바로 자기 자신이라는 사실을 깨달아야 한다.

* 야생아 아말라와 카말라

20세기 초, 인도 어느 지방의 산 속에서 두 여자아이가 발견되었는데, 언니 아말라는 여덟살, 동생 카말라는 두 살이었다. 이들이 발견되었을 당시 두 소녀는 늑대처럼 네 발로 기어 다녔으며, 울음소리도 늑대울음 소리를 냈다고 한다.

그들은 발견된 후 영국에서 8년동안 교육을 받았지만 적응하지 못하고 결국 사망하고 말았다.

'아베롱의 야생아'가 시사해 주는 것

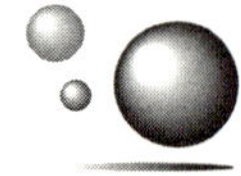

1799년 7월 어느 날, 프랑스 남부지방의 아베롱과 타르느 접경지역에서 열두 살 가량의 소년이 발견되었다. 이 '아베롱의 야생아'에 대

한 이야기는 대학교의 심리학 강의에서도 많이 다루어지고 있다.

심리학에서는 성격뿐만 아니라, 인간의 사회적 행위가 유전에 의한 것인지 아니면 환경에 의한 것인지에 대한 논쟁도 오랫동안 계속되어 왔다. 이같은 논점에 대해 크게 기여한 것이 바로 '아베롱의 야생아'와 앞에서 언급한 '아말라와 카말라'에 대한 연구결과이다. 이들은 모두 인간의 문화권에서 격리되어 자라온 아이들이다.

아베롱에서 발견된 소년에게는 '빅터'라는 이름이 붙여졌는데, 이타르라는 젊은 의사가 양육을 하게 되었다. 빅터는 이때부터 인간의 생활환경 속에서 인간으로서의 사회적응력을 익히기 위한 교육을 받았다.

의사 이타르의 보고에 의하면, 빅터는 전혀 표정이 없었으며 말도 하지 못했다고 한다. 뿐만 아니라 향기로운 냄새나 악취에도 반응이 없었다. 그러나 호두같은 식물에는 민감하게 반응했다. 그렇지만 높은 곳에 먹을 것을 얹어 두어도 의자를 사용하여 그것을 손에 넣으려는 지혜조차 갖지 못했다. 이 야생아는 단지 인간의 감시망에서 교묘히 도망치려는 생각밖에 하지 않았다.

의사의 보고에 의해 밝혀진 중요한 사실은, 빅터의 지능이 덜 발달된 것이 아니라 자기 자신에게 꼭 필요한 환경에 대해서만 지능이 발달된다는 점이다. 그래서 자신의 생활에 불필요한 인간의 언어나 지혜는 발달하지 못했다는 것이다. 좀더 알기 쉽게 말하자면, 인간환경에 적응하는 생리가 발달되지 못했다는 것이다.

이 야생아의 경우에서 알 수 있듯이, 인간의 발달은 반드시 정해진

방향이 아니라 환경에 따라서 전혀 다른 방향으로도 발달할 수 있다. 즉, 인간의 발달은 다양성을 지니고 있는 것이다.

이와 같은 현상은 인간이 다른 동물에 비해 미숙한 상태에서 태어난다는(생리적 조산) 것에서 알 수 있다. 미숙한 부분만큼 성장의 다양성을 지니고 있기 때문에 환경이나 사회에 적응하기 쉽다는 것이다.

이 야생아는 발견 당시만 해도 차가운 대기에 몇 시간 동안 벌거숭이인 채로 노출되어 있어도 태연했으나, 옷을 입히고 매일 목욕을 시켰더니 점점 추위를 느끼게 되었다고 한다. 심지어 목욕물이 따뜻하지 않으면 목욕을 거부하기도 했다고 한다.

이것으로 환경이 바뀌면 인간의 발달 성향도 바뀌게 되어, 교육과 학습에 의해 미발달 부분이 보완되거나 발달될 수 있다는 가능성을 알게 되었다.

이와 같은 야생아에 대한 연구보고는 사람이 사람답게 되기 위해서는 문화적인 환경이 필수 불가결하다는 사실을 말해주는 매우 가치있는 발견이었다. 아베롱의 야생아뿐만 아니라 사회에서 격리되어 자라난 어린이의 예는 참으로 많다. 이에 대한 기록을 취합하여 논문으로 발표한 사람이 미국의 심리학자 '징그'이다. 그의 논문에 의하면, 사회에서 격리된 어린이 가운데 나이가 어리고 환경 격리기간이 짧은 아이일수록 인간사회에 빨리 적응하게 된다고 한다.

이 예에서도 알 수 있듯이 환경의 자극을 가장 받기 쉬운 시기(임계기라고 함)가 인간에게 있는데, 이 시기를 놓쳐버리면 결국 환경적응이 늦거나 어려워진다는 것이다. 즉, 나이가 어릴수록 환경에 대한 순응성이 높아진다는 것을 말해 준다.

또한 '징그'의 조사에서는 격리된 어린이의 대부분이 말을 하지 못하며, 동물처럼 기어다니는 일이 많다고 한다. 일정 연령이 되면 자연히 서서 걸어야 하는데도 그렇게 되지 못했다는 것이다.

이런 일을 생각해 볼 때, 옷을 입거나 화장실에서 배설을 하는 기본적인 생활습관 또한 일정 연령이 되면 자연스럽게 가능해지는 것이 아니라 자라는 환경에서 배운다는 사실을 알 수 있다. 이상과 같은 야생아에 대한 연구는 환경으로부터의 자극이나 경험이 얼마나 중요한지를 실증적으로 보여주고 있다.

'남자다움'과 '여자다움'은 사회와 더불어 변화한다

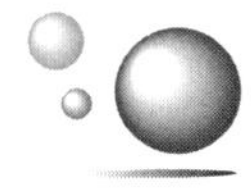

'남자답다는 것', '여자답다는 것'은 대체 무엇일까?

생리학적인 면에서 볼 때 절대적인 남녀의 차이는 여성이 임신, 출산, 수유의 기능을 가지고 있다는 것 외에는 큰 차이가 없다.

그러나 우리들은 분명히 그 어떠한 '남자다움'과 '여자다움'의 이미지를 갖고 있다. 굳이 생리학적이 아닌 '…다움'의 이미지가 어디에서 만들어졌는지 묻는다면, 그것은 사회에 의해 규정되어 시대와 더불어 변화한다고 대답할 수 있다.

예를 들어, 어렸을 때 사내아이는 강해야 하며, 여자아이는 온순해야 한다는 말을 부모나 선생님으로부터 들은 적이 있을 것이다. 그 말이 무의식적으로 고정관념으로 뿌리내려 성인이 되어도 그와 같은 이미지가 옳은 것이라고 굳게 믿게 되는 것이다.

부모나 선생님으로부터 '남자는 이렇게 되어야 한다', '여자는 저렇게 되어야 한다'는 말을 들은 어린이는 그러한 기대에 부응하려고 행동하기 때문에 자연히 남자로서의 역할, 여자로서의 역할을 의식적으로 하게 된다. 따라서 어느 사이에 '남자다움', '여자다움'의 이미지를 몸에 지니게 되는 것이다.

그 증거로서 문화 및 지역에 의해 남자다움이나 여자다움의 이미지가 전혀 달라질 수도 있다는 것을 말할 수 있다.

예를 들면, 우리 나라에서는 '남성은 생산적인 노동을 해야 하고 여성은 가정을 지켜야 한다'는 사고가 깊이 뿌리내려 있다. 그러나 외국의 경우, 뉴기니아의 첸브리 부족들은 우리 나라와는 정반대로 여성은 생산적인 노동을 하는 한편 재산을 관리하며, 남성은 노동을 하지 않고 단지 미술, 공예 등의 일만 한다고 한다.

그렇다면 당신이 갖고 있는 '여성다움'과 '남성다움'은 과연 어떤 것일까?

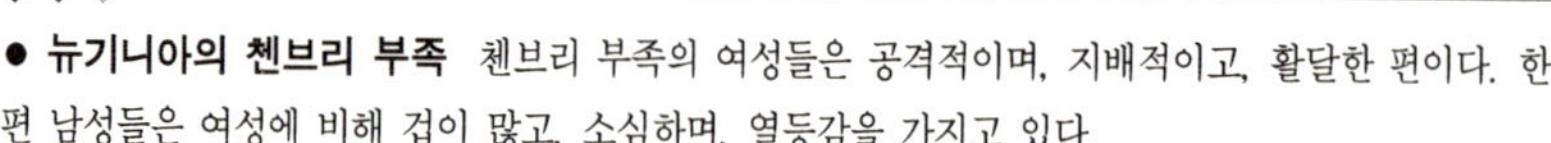

● **뉴기니아의 첸브리 부족** 첸브리 부족의 여성들은 공격적이며, 지배적이고, 활달한 편이다. 한편 남성들은 여성에 비해 겁이 많고, 소심하며, 열등감을 가지고 있다.

술을 마시면 사람이 왜 달라지나?

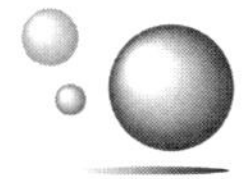

문화의 차이에 따라 성격도 달라진다. 우리 나라 사람들은 평소에는 점잖을 빼지만, 일단 술만 마시면 이성을 잃는 경우가 많다.

이처럼 체내에 알코올 기운이 퍼지면 이성의 나사못이 풀려 지금까지 억제되었던 본능이 봇물처럼 쏟아져 나오는 현상을 샌프란시스코 주립대학의 버렌드 교수는 '알 커뮤니케이션' 이라고 이름 붙였다. 알 커뮤니케이션이란 술에 취해 있기 때문에 자기 자신을 잊을 수가 있으며, 그 힘을 빌려 지금까지 억압된 본능이 얼굴을 내민다는 것이다. 그래서 점잖은 온데간데 없이 사라져 버리고 음탕하고 포악한 성격이 나타난다는 것이다.

그런데 요즘 매우 많은 이용자를 확보하고 있는 PC통신의 경우, 대화방이라는 공간을 통해 음란한 대화가 문자를 통해 오가기도 한다고 한다.

우리 나라 사람들은 꽤 점잖은 민족인줄 알고 있었는데, 역시 마음의 메커니즘도 술과 똑같은 것이 아닐까? 어쨌든 컴퓨터라는 기계는 상대방에게 얼굴을 노출시키지 않는다는 장점(?)이 수치심을 마비시켜 억압된 본능을 마구 쏟아내는 것이다.

실패한 것은 누구 탓인가 ?

예를 들어, 당신이 열심히 공부를 했는데 시험에서 불합격되었다고 하자. 이럴 경우 실패의 원인은 다음의 A와 B 중 어느 쪽이라고 생각하는가?

· **A유형** … '내 딴에는 열심히 공부를 했지만 나보다 더 열심히 노력한 사람이 있었군. 너무 안일한 생각으로 공부를 했어……'

· **B유형** … '나는 운이 나빴어! 그래서 실패한 거야. 게다가 시험을 치르던 날은 아침부터 컨디션이 좋지 않았어. 그래서 갖고 있던 실력의 절반도 발휘하지 못했단 말이야……'

인생살이에는 반드시 실패가 있는 법이다. 인간은 실패를 경험했을 때 아주 강한 충격을 받는다.

그러나 그 충격을 극복하고 다시 재기하기 위해 인간은 실패의 원인을 생각해 보게 된다. 즉, 자기 자신을 격려하여 실패의 상처를 치

◆ ◆ ◆

● **혈액형과 성격** 혈액형에 따라 성격을 알아보는 것이 한때 유행하였는데, '혈액형과 성격이 관계가 있다'는 과학적인 근거는 아직 확실하게 없다.

유하려는 시도인 것이다.

그런데 A유형처럼 실패를 자신의 탓으로 돌리는 사람을 심리학에서는 '내부통제형'이라고 한다. 이 타입의 사람은 자신에 대해 매우 엄격하며, '삶'의 모든 책임을 스스로 지려고 한다. 이런 사람은 인생을 개척해 나갈 힘을 충분히 소유하고 있다.

한편 B유형처럼 실패의 원인을 자기 이외의 것에 전가시키려는 사람을 '외부통제형'이라고 한다. 이 타입의 사람은 자기 자신에게 관대하며, '삶' 자체를 도박처럼 이해하는 경향이 있다. 그러므로 인생에 대한 책임을 질줄 모르고, 오로지 '될대로 되라!'는 식의 소극적인 삶을 살아가는 것이다.

왜 여성들은 점을 좋아하는 것일까?

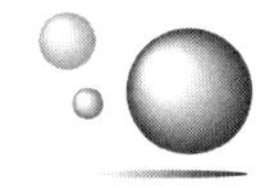

대부분의 경우 여성잡지에는 '점술'로 풀이한 운세가 실려 있다. 여성들은 선천적으로 점을 무척 좋아하는 모양이다.

특히 점 치기를 좋아하는 사람은 소위 유명하다고 소문난 점술가를 만나려고 몇 시간씩 기다리거나 엄청난 복채를 아까워하지 않는다.

그러면 왜 여성들 중에는 점을 좋아하는 사람이 많을까?

이는 남성보다 여성쪽이 의존욕구가 강하기 때문이다.

이와 같은 의존심리는 여성들이 지금까지 사회적 활동기반이 약해 남성들의 비호를 받아야 할 처지에 놓여 있었기 때문인 것 같다.

이러한 의존심리가 여성들의 잠재의식 속에 깊이 뿌리를 내리고 있기 때문에, 어려운 환경에 놓이게 되면 무의식적으로 의존심리가 작용하는 것이다.

한편 이 의존심리를 분석해 보면 이 속에는 책임을 회피하려는 도피심리가 잠재해 있다. 즉, 중대한 문제를 결정함에 있어서 이에 대한 책임을 지지 않으려는 경향이 있다.

예를 들어, 자신의 실책으로 인하여 실패한 경우에도 책임을 인정하지 않는 것이다. 이를테면 남의 탓을 하거나 운이 없었기 때문이라고 원인을 돌린다.

심지어 점을 쳐서 운세를 알려고 하는 여성마저도 책임을 회피하려는 심리가 있다고 할 수 있다.

왜냐하면 자신의 미래는 거의 자기 스스로가 만드는 것인데도 점을 통해 미래를 알려고 하기 때문이다. 그 중에는 자신의 노력 부족은 아예 뒷전으로 제쳐놓고, '이것이 내 운명'이라고 체념해 버리는 사람도 있다.

물론 모든 여성이 다 의존심리가 강하다는 말은 아니다. 또한 점을 좋아하는 사람 모두가 책임을 경시한다는 것도 아니다. 당연히 여성 가운데는 개인차가 있기 마련이다.

사기당하기 쉬운 성격

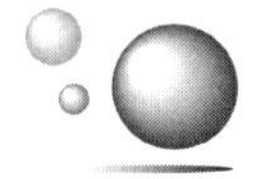

멀티상법(Multilevel Marketing Plan : 연쇄판매 거래의 통칭), 영감상법(靈感商法), 최면상법(催眠商法) 등은 모두 사기에 속하는 악덕 장사방법이다.

'이것을 사지 않으면 조상의 혼백이 노여워한다'고 말하면서 터무니없는 가격으로 부적이나 물건을 강매하는 영감상법은 우매한 부녀자를 현혹시키기 쉽다.

이와 같은 상술에 휘말리기 쉬운 사람의 특징으로 다음과 같은 유형을 들 수 있다.

- 의존심이 강한 사람
- 권위주의 경향이 강한 사람
- 콤플렉스에 사로잡힌 사람
- 의지가 약하고 내성적인 사람
- 비관적인 사람

예를 들어 '행운의 목걸이'라는 광고를 보고 즉시 그것을 구입하는 사람은, 스스로 운명을 개척하려는 의지가 약하고 모든 것을 남에게 의지하려는 심리를 소유했다고 볼 수 있다.

이처럼 무비판적으로 사물을 받아들이며, 어떤 암시에 걸리기 쉬운 상태를 피암시성이 높다고 한다. 피암시성은 피로, 만취, 수면부족, 망설임 등에 의해서도 높아진다고 한다. 즉, 고민하고 있을 때, 수면 부족이나 만취상태로 머리가 몽롱해져 있을 때는 특히 암시에 걸리기가 쉽다는 것이다.

악덕 상법은 그와 같은 사람의 정신적, 육체적 약점을 노려 물건을 파는 상술이다. 이와 같은 덫에 걸리지 않도록 하기 위해서는 평소 자신의 약점을 스스로 파악해 두는 것이 중요하다.

심리학은 수학이나 과학처럼 도형이나 실험을
'지각' 으로 연구해 내려는 학문입니다.
그렇다면 왜 이런 일을 심리학으로 연구해야 할까요?
그 까닭은 '심리학이란 마음의 움직임을
과학적으로 실증' 하는 학문이기 때문입니다.

5

사물을 보는 것도
마음의 눈으로 보는 것이다

지각도 마음과 관계가 있다

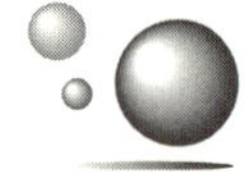

만일 당신이 아래의 그림과 같은 상황에 직면했다면 어떻게 행동하겠는가?

정신이상자가 아닌 이상 차에 치이지 않도록 재빨리 몸을 피할 것이다. 그러한 당신의 행동은 극히 당연한 것이다.

그렇다면 이 당연한 행동에는 어떤 마음의 메커니즘이 작용하는 것일까?

우리들은 항상 오감을 동원하여 자신의 주변환경을 인지하려고 한다. 이와 같은 생리적인 활동은 자신이라는 존재를 주위 환경으로부터 보호하기 위해 자연발생적으로 이루어지는 것이다. 이와 같은 신체의 작용을 '지각' 이라고 한다.

● **지각과 감각** 감각은 지각의 기초적 과정을 말한다. 감각의 종류에는 시각·청각·후각·미각·운동감각·피부감각·평형감각 등이 있다. 한편 지각은 감각의 의미가 부여된 것이다.

따라서 '앗! 차가 달려온다' 하고 순간적으로 몸을 피하는 행동은 지각의 작용에 의해서 발생하는 것이다.

그런데 이 그림과 같은 상황에 처한 사람이 지금까지 한 번도 차를 본 적이 없는 사람이라면, 또는 과거에 교통사고를 당해 큰 상처를 입은 사람이라면 그 상황을 '받아 들이는 방식'이 다소 달라질지도 모른다. 차를 본 적이 없는 사람은 '무엇이 달려온다'고 생각하고 오히려 호기심에 가까운 자세를 취할 것이며, 자동차 사고를 경험한 사람은 '앗! 차가 달려 온다! 빨리 몸을 피해야 돼!' 하면서 당황할 것이다.

이처럼 우리들은 실제로 발생하는 주위환경을 액면 그대로 받아들일 수만은 없다. 즉, 환경의 일부를 선택적으로 받아들여 그것을 지금까지의 경험과 그 당시의 심리상태에 비추어 재구성해 보는 것이다. 그러므로 사람이 느끼는 환경과 실제의 환경(객관적 환경) 사이에는 차이가 생길 수 있다.

따라서 사물을 보거나 듣거나 하는 지각은 실은 마음과 깊은 관계가 있는 것이다.

똑같은 것을 보아도 사람들의 견해는 각양각색이다

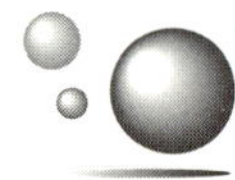

　조금도 다르지 않는 똑같은 것을 보았더라도 자신이 본 느낌(지각)과 다른 사람이 본 느낌은 전혀 다를 수 있다.

　이는 사람들이 어떤 사물을 볼 때 눈만이 아니라 마음까지도 함께 사용하기 때문이다.

　블란즈워크는 인간의 지각과정을 다음과 같은 그림으로 생각했다.

　예를 들어, 사과 한 개가 눈앞에 있다고 하자. 사과가 보이는 현상은, 사과에 부딪히는 빛이 반사되어 눈에 들어오기 때문이다. 따라서 어두운 곳에서는 자연히 보기가 힘들어진다.

　이 눈에 비친 영상이 신경에 전달되어 시각중추로 전달된다. 그래서 '아 붉은 사과다' 라고 색과 형태를 식별하게 된다. 여기까지의 과정이 '감각' 인데, 아직 마음과는 관계하지 않은 상태다. 감각까지는 누구든 똑같은 작용을 한다. 이 과정을 거치게 되면 마음이 비로소 개입하게 된다.

　'붉은 사과다!' 라고 파악하면, 동시에 사과에 대한 과거의 기억이 되살아나 '참으로 신선한 사과다', '맛이 있어 보이는 사과다' 라는 식으로, 사람 각기의 지각이 작용하는 것이다.

◆◆◆────────────────────────────

● **지각은 사람에 따라 각기 다르다**　예를 들어, 완두콩을 보았을 때 '이 콩은 맛있어 보인다' 라는 지각은, 과거의 맛있었던 경험에 비추어 작용한 것이다.

■ 사물을 볼 때에는 마음이 관여한다
빛
빛
사과다!
실물의 사과와 보고
느끼는 사과가 반드시
똑같을 수는 없다

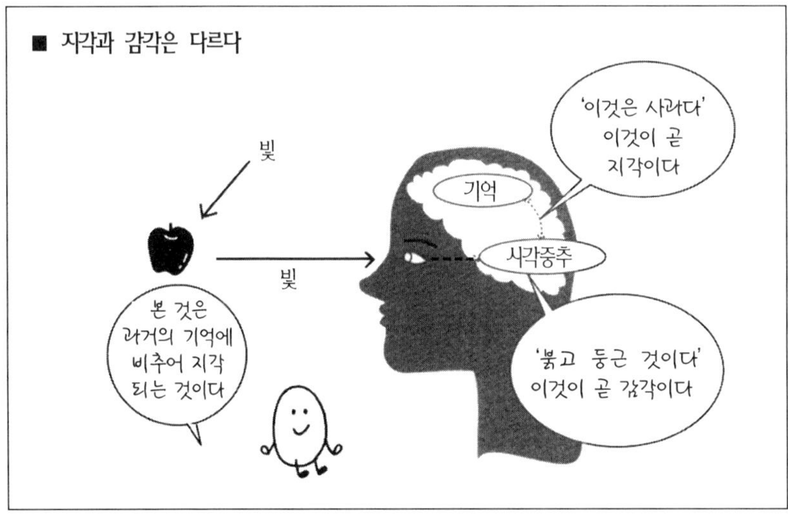

■ 지각과 감각은 다르다
빛
빛
기억
시각중추
'이것은 사과다'
이것이 곧
지각이다
본 것은
과거의 기억에
비추어 지각
되는 것이다
'붉고 둥근 것이다'
이것이 곧 감각이다

참으로 이상하다, 왜 그렇게 보일까?

◆ 착각

꿈에서 보는 것을 제외하고는, 우리가 보는 모든 것들은 '현실 그대로'라고 믿고 있다. 그러나 우리가 눈으로 보는 것(주관적 세계)과 실제의 것(물리적 세계, 객관적 세계)이 반드시 일치한다고는 할 수 없다.

그 전형적인 예가 착각이다. 심리학에서 말하는 착각이란, 주관적인 세계와 객관적인 세계의 차이를 알고 있으면서도 지각이 그 차이를 정정해 주지 못하는 것을 말한다.

그렇기 때문에 스키를 타고 있을 때는 멋지게 보이던 사람이 길거리에서 만났을 때는 그렇지 못하다고 느끼는 경우와 똑같다.

다음 그림은 여러분들이 다른 심리학책에서 본 적이 있을지도 모르는 낯익은 그림들이다.

시각에 의한 착각을 착시라고 하는데, 그 중에서도 기하학적 도형에 의해 일어나는 것을 기하학적 착시라고 한다. 그림에서 보는 것들은 기하학적 착시의 대표적인 것들이다.

그림의 대부분은 도안을 발견해 낸 사람의 이름이 붙여져 있다. 이 중에는 100년 전에 발견해 낸 것도 있는데, 이로 미루어 볼 때 착시 연구는 꽤 오래 전부터 행해져 온 것으로 짐작된다.

◆◆◆ ───────────────────────────────

● **착각의 이용** 가끔 착각을 이용하는 경우가 있다. 예를 들면 좁은 장소를 넓게 보이려고 시설물을 설치한다던지, 여성들이 사용하는 아이섀도도 화장하기에 따라 착각을 일으키게 한다.

■ 여러 가지 기하학적 착시

(a) 에빙하우스의 착시

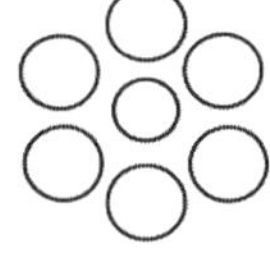

한가운데 원은 똑같은 크기지만
오른쪽이 더 크게 보인다

(b) 뮐러·리어의 착시

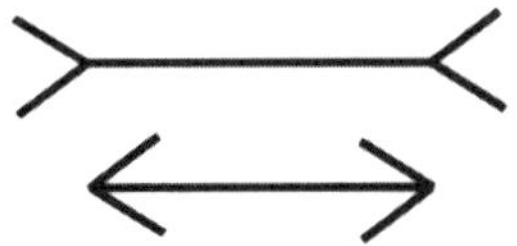

화살표시 사이의 직선은 똑같은
길이지만 위쪽이 더 길어 보인다

(c) 포겐돌프의 착시

사선은 일직선이지만 약간 어긋난
것처럼 보인다

(d) 체르너의 착시

모두가 평행선을 이루고 있지만
그렇게 보이지 않는다

(e) 오펠쿤드의 착시

구분된 공간 쪽이 더 크게 보인다

(f) 원근법적 착시

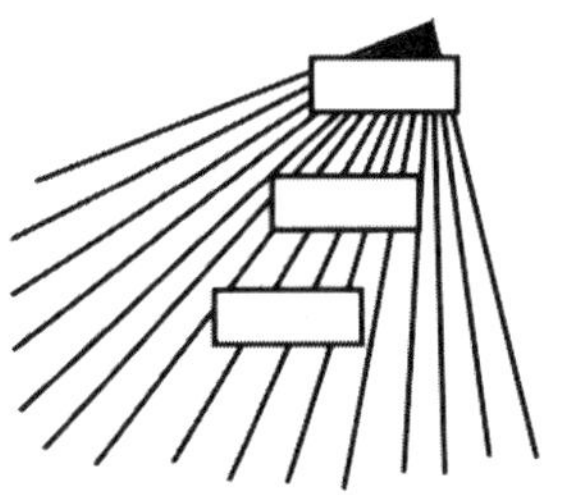

직사각형 3개가 모두 똑같은 크기
지만 안쪽의 것이 더 크게 보인다

사람이 줄어드는 공포의 방

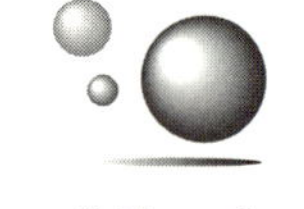

◆ 에임즈의 방

여기에 하나의 방이 있다.

때마침 한 사나이가 방의 오른쪽에서 왼쪽으로 걸어가고 있다. 그런데 이상하게도 이 사나이는 점점 작아지고 있다.

이것은 드라마가 아니라 하나의 실험 광경이다.

이것을 '에임즈의 방' 현상이라고 한다. 이 이상한 현상이 발생하는 까닭은 방 안쪽 길이에 대한 정보부족에서 비롯된 착각이다. 방문을 향해 걷고 있는 사나이가 점점 작아지는 것처럼 보이지만, 실제로 크기에는 아무런 변화가 없다.

에임즈의 방 구조는 그림에서 보는 것처럼 되어 있다. 실제의 방 구조는 안쪽으로 푹 들어가 있지만, 특정 장소에서 방 안을 들여다 보면 정사각형의 정상적인 방처럼 보인다.

따라서 사나이가 문쪽으로 걸어가고 있지만, 실제로는 푹 들어간 곳으로 걸어가기 때문에 작게 보이는 것은 당연한 일이다. 그러나 이 방의

● **객관적 물리세계와 행동적 환경** 사람의 외부세계를 객관적 물리세계라고 하며, 사람들이 실제로 느끼고 있는 세계를 행동적 환경이라고 한다. 객관적 물리세계와 행동적 환경이 반드시 같지 않다는 것을 위 실험을 통해서 알 수 있다.

안쪽 길이가 길다는 정보를 전혀 가지고 있지 않기 때문에, 이 사나이가 수평으로 움직이고 있지만 점점 작아져 보이는 것이다.

■ 아상한 에임즈의 방

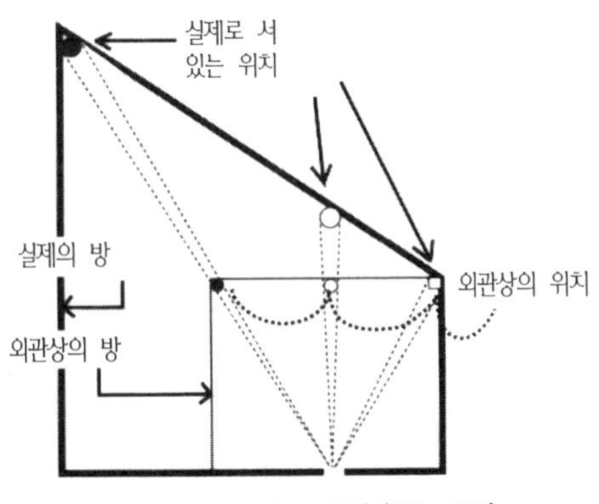

왜 착시현상이 일어날까?

　다음 그림은 이미 잘 알려진 눈에 익은 것들이다. 하지만 몇 번을 보아도 그림 a쪽의 직선이 b쪽의 직선보다 더 길어 보인다. a와 b의 직선길이가 똑같은데도 말이다. 무엇 때문일까?

　그레고리는 '왜 이 그림을 볼 때마다 착각을 일으키게 될까?'라는 의문에 대해 집중적으로 연구를 계속했다. 마침내 그가 발견해 낸 것이 '원근법설'이다.

　그레고리의 주장에 따르면, 우리들이 물건을 볼 때 무의식적으로 그 물건과의 거리를 생각하게 된다고 한다. 그리고는 '이 물건과의 거리는 아마도 이 정도가 될 것이다'라고 판단하여 그 거리와 상응하는 물건의 크기를 어림잡아 짐작한다는 것이다.

　예를 들면 긴 테이블 위에 두 개의 컵이 놓여 있다고 하자. 그 중 하나는 바로 자신이 앉아 있는 눈앞에 있고, 나머지 하나는 테이블 맨 끝쪽에 놓여져 있다. 이 두 개의 컵이 망막에 비쳐진 영상은 모두 똑같은 크기이다.

　그러나 사람들은 컵과의 거리를 무의식적으로 생각하는 것이다. 그리고는 '테이블 끝쪽에 있는 컵은 먼 곳에 있는데도 망막에 비친 컵의 크기가 같다는 것은 눈앞의 컵보다 크기 때문'이라고 인식하는 것이다.

● **망막유도장(網膜誘導場)설**　도형에 의해 망막 상이 가져오는 생리적 흥분의 분포가 변하기 때문에 착각이 일어난다는 생각.

　그렇다면 이 그림의 경우, 어느 곳에서 거리감을 느끼느냐 하는 것이 열쇠가 된다. 즉, a그림의 경우는 보는 사람으로 하여금 방구석을 연상하게 한다. 그리고 b그림의 경우는 방의 각이 진 곳을 연상하게 한다.

　그래서 결론적으로 a쪽이 거리가 '멀다'고 느끼게 된다. 물론 망막에는 a와 b가 똑같이 비쳐지지만, 실제의 경우 'a쪽이 더 멀거나 길어 보인다'는 생각이 일반적인 인식이라고 그는 주장하였다.

　그레고리의 '원근법설' 외에도 인간의 착각 이유를 논리적으로 설명한 것들이 많지만, 아직까지 통일된 설명원리가 나오지 않고 있는 것이 오늘의 현실이다.

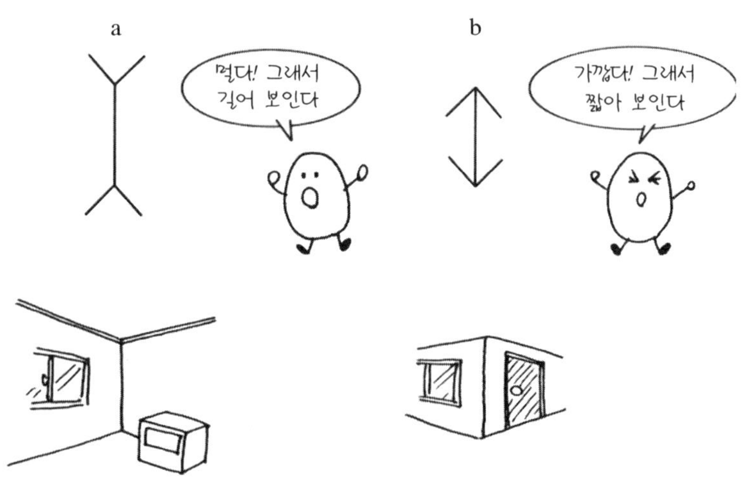

■ 착시현상은 왜 일어나는가?

● **안구운동설** 도형에 의해 안구의 운동량이 달라지기 때문에 착각이 발생한다는 생각. 그림의 경우 a쪽이 b보다 운동량이 많기 때문에 길어 보인다.

비교해 보았더니 달라 보인다

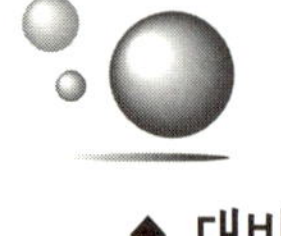

◆ 대비

국제간의 문제를 토의하는 서미트(Summit:선진국 정상회담)의 경우, 흔히 각국 대통령이나 수상들이 한자리에 모여 사진을 찍는 일이 있다.

이럴 때 자국 지도자의 위상과 국내에서 각료들과 함께 사진을 찍을 때의 위상을 대조적으로 평가해 볼 수 있다.

이것도 하나의 착각이라고 할 수 있다. 성질이나 양이 다른 대상물과 비교했을 때 보통 때와 정반대로 지각하는 경우가 있는데, 이것을 '대비' 현상이라고 한다.

그림 1의 에빙하우스의 도형에서는 A그림 한가운데의 동그라미가 B그림 한가운데의 동그라미보다 작게 보인다. 이것도 대비 현상의 하나이다.

■ 대비

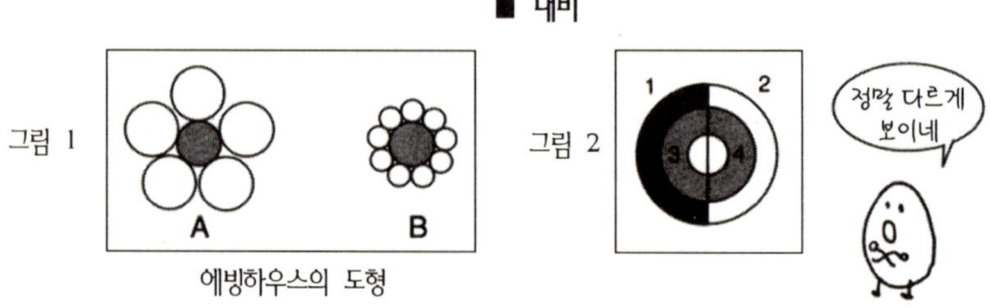

● **보색을 유도하는 색의 대비** 그림 2의 1과 2의 부분이 각기 푸른빛과 노란빛이었다면 3의 회색은 푸른빛을 띨 것이며 4의 회색은 노란빛을 띨 것이다.

대비는 도형뿐만 아니라 빛의 명암상태에서도 발생한다.

그림 2를 살펴보자. 3과 4의 색의 농도는 똑같지만 주변 환경(색깔)의 영향을 받아 3의 색상이 더 옅게 보이지 않는가?

붉은 것과 가까이 하면
왜 붉어지는 것일까?

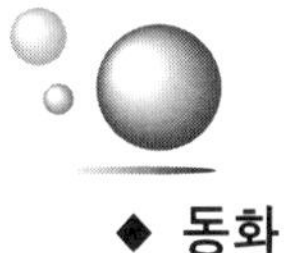

◆ 동화

부모들은 자식이 행실이 좋지 않은 아이들과 어울리면 염려를 하고, 착하고 공부를 잘 하는 아이들과 어울리면 안심을 한다.

부모들은 누구든 자신의 아이가 나쁜 아이들과 어울리면 나쁜 아이가 될 것이라고 확신한다. 설사 나쁘게 물들지 않더라도 다른 사람들이 볼 때에는 나쁜 아이처럼 보여질 수가 있다.

이와 같은 생각을 갖는 것은 일종의 지각현상에서 비롯된 것이라고

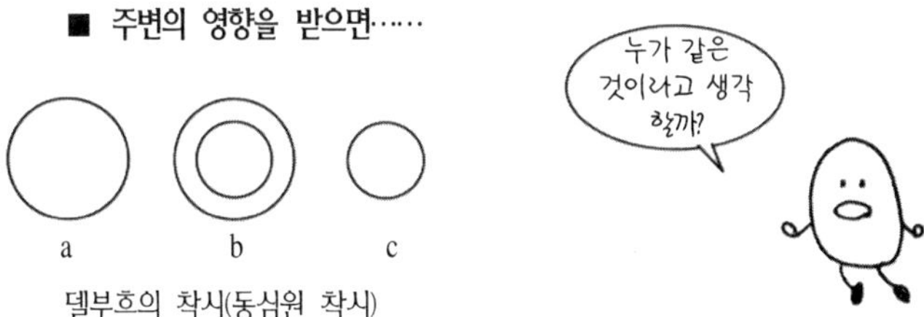

◆◆◆

● **색의 착각** 따뜻한 느낌을 주는 색은 팽창해 보이며, 차가운 색이나 어두운 색은 수축되어 보이듯이 색에도 착각이 있다. 그러므로 몸이 날씬하게 보이고 싶거나, 살이 쪄 보이고 싶은 사람은 옷의 색상을 잘 선택해야 한다.

하겠다. 대상물의 지각과 비슷한 성질이나 양이 존재해 있으면, 그것과 똑같은 지각작용을 하는 것이 동화이다.

아래 그림 한가운데의 동그라미를 보자. b의 안쪽에 있는 동그라미는 c의 동그라미보다 크게 보일 것이며, b의 바깥쪽 동그라미는 a의 동그라미보다 작게 보일 것이다. 그러나 실제로 둘은 같은 크기이다.

동화와 대비는 전혀 반대현상이다. 그러나 주위 환경에 영향을 받는다는 점에서는 같다.

술잔 모양인가, 얼굴 모양인가?

◆ 그림과 배경의 분화

장애물 경주라는 것이 있다. 사다리나 뜀틀 상자들을 달리는 코스 중간 중간에 놓아두고, 이것을 뛰어 넘으며 달리기를 하는 경기이다. 이 장애물 경기에서도 인간은 지각을 발휘한다.

즉, 달리는 선수는 어떤 장애물이 어디에 어떻게 놓여져 있는가를 재치있게 파악해야 한다. 장애물을 무난히 뛰어 넘기 위해서는 장애물과 배경을 구별해야 하는 것이다. 바로 이 원리가 '그림과 배경(바탕)의 분화'라는 지각의 작용이다.

'그림과 배경의 분화' 이론을 설명하기 위해 흔히 사용되는 것이

■ 루빈의 술잔

'루빈의 술잔'이라는 그림이다.

그림의 흰 부분만을 보면 술잔처럼 보이지만(이 경우 술잔은 그림이고, 검은 부분은 배경임), 검은 부분을 주목해 보면 두 사람이 서로 얼굴을 마주하고 있는 모습이 나타난다(이 경우 얼굴은 그림이고 흰 부분은 배경임). 그러나 그림에서 술잔과 사람의 형태를 동시에 볼 수는 없다.

우리는 일상생활에서 이러한 '그림과 배경의 분화'를 의식적으로 행하고 있기 때문에, 형태가 있는 것은 형태로서 볼 수 있으며, 거리감도 느끼게 된다. 예를 들어, 먹음직스러운 붉은 토마토가 접시에 담겨 테이블 위에 놓여졌을 경우, 접시를 그림으로 본다면 테이블을 포함한 접시 이외의 부분은 배경이 된다. 그러나 토마토를 그림으로 보았을 경우는 접시가 배경이 되어지는 것이다.

따라서 안개에 덮여 아무것도 보이지 않는 상태에서는 그림도 배경

● **사물을 지각하기 위해서는?** 시야 가운데 이질적인 것이 있어서 그림과 배경이 확실히 분화되어 있지 않으면 안 된다.

아무것도 보이지 않는다　　검은 점이 보인다

도 형성되지 않는데, 이럴 경우 '그림과 배경의 분화'는 이루어지지 않는다. 즉, 그림과 배경이 분화되지 못하면 형태를 인식할 수가 없어 아무것도 보이지 않게 되는 것이다.

우리가 분명하게 의식만 한다면 루빈의 술잔처럼 쉽게 그림과 배경을 교차적으로 식별할 수가 있다. 이는 우리가 태어나서 지금까지 무의식중에 '그림과 배경의 분화'에 대한 경험을 쌓아 왔기 때문이다. 그러므로 태어날 때부터 눈이 먼 사람이 수술을 받아 눈을 뜨게 되어도 바로 '형태를 확실한 형태'로 인식하지 못하는 것은 '그림과 배경의 분화'에 대한 경험을 쌓지 못했기 때문이다.

사물을 종합하여 파악한다

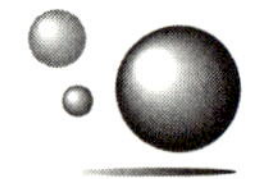

◆ 지각의 작용

형광등의 수명이 다해가면 불이 깜박거려서 몹시 신경이 쓰인다.

그러나 형광등이 새 것이라 할지라도 꺼졌다 켜졌다 한다는 사실을 당신은 알고 있는가? 단지 새 것은 낡은 것에 비해 점멸속도가 빨라 우리가 그것을 의식하지 못하고 있을 뿐이다. 실제로 점멸속도를 시험해 보면 일초 동안에 약 60회 정도를 점멸한다고 한다.

그런데 우리는 왜 그것을 의식하지 못하고, 불이 줄곧 켜져 있는

것처럼 보일까?

그 까닭은 주어진 자극을 시간적 공간적으로 종합하려는 지각작용이 우리에게 있기 때문이다. 즉, 형광등의 불빛을 시간적으로 종합해 버리기 때문이다.

위 그림을 통해 공간적으로 종합하려는 작용이 있다는 것을 증명할 수 있다.

그림 한가운데에 세모꼴이 존재하는 것처럼 느껴질 것이다. 그러나 실제로는 검은색 동그라미의 일부가 떨어져 나간 각만 있을 뿐이다. 그렇지만 우리에게는 이 도형을 종합하려는 지각이 있기 때문에 세모꼴이라는 형태를 그려낼 수가 있는 것이다.

이것은 인간만이 지니고 있는 특별한 능력이라고 할 수 있다. 즉, 다른 동물들이 보지 못하는 세모꼴을 우리 인간들은 인식할 수 있는 것이다.

◆◆◆───────────────────────────────

● **새들의 집단** 철새들이 무리를 지어 하늘을 날으는 모습을 보게 된다. 이때 새 한 마리 한 마리를 보는 것이 아니라 무리를 지은 집단으로서 보는 것이다.

이런 경우 종합을 한다

◆ 군화의 법칙

다음 그림은 무엇처럼 보이는가? '두 개의 동그라미'처럼 보이지 않는가? 대부분 두 개의 동그라미로 인식하겠지만, 점의 집합체라는 견해도 틀리지는 않는다. 그렇다면 왜 두 개의 동그라미로 보여졌을까?

이것 역시도 인간의 지각에는 그 무엇을 '종합하려는' 능력이 있기 때문이다. 특히 몇 개의 그림(요소)이 어떤 종합성을 가지는 것을 '무리지음의 법칙'이라고 한다.

게슈탈트 심리학의 '베르트하이머'는 어떤 경우에 그림과 선을 종합하기가 가장 쉬운지에 대한 '무리짓는 요인'을 연구하기 시작했다. 그 대표적인 것이 다음의 군화(群化)의 요인들이다.

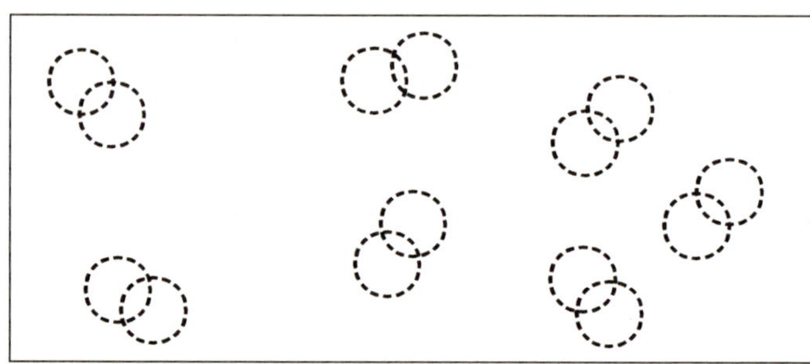

5

사물을 보는 것도 마음의 눈으로 보는 것이다

■ 군화의 요인

(a) 근접의 요인　　가까이에 있는 것은 종합하기가 쉽다

(b) 유동의 요인　　같은 색, 같은 크기, 같은 형태의 것은 종합하기가 쉽다

○○○●●●○○○●●●○

(c) 폐합의 요인　　서로 닫고 있는 쪽이 열고 있는 쪽보다 종합하기가 쉽다

《》《》《》《》《》《》《》

(d) 좋은 연속의 요인　　연속성을 더 많이 지니고 있는 쪽이 종합하기가 쉽다

(d) 좋은 형의 요인　　규칙적, 간단, 대조적인 형태가 종합하기가 쉽다

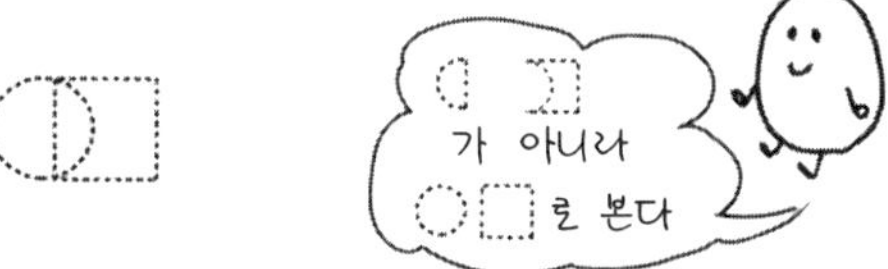

(f) 공통운명의 요인　　같은 움직임을 하거나, 같은 운명을 가지고 있는 것은
종합하기가 쉽다

◆◆◆───────────────────────

● **음의 군화**　음악의 멜로디를 들을 때에도 군화가 작용한다. 멜로디는 원래 단음들이 모인 것인데, 단순한 집합이라기 보다는 하나의 종합된 멜로디로 즐기기 위해 군화가 이루어지는 것이다.

알고 있는 그대로 사물을 본다

◆ 항상성

데이트를 끝내고 지하철 역에서 연인을 배웅할 때의 장면을 연상해 보자. 연인은 아쉬운 표정을 지으면서 손을 흔들며 멀어져 간다. 2m, 4m, 6m……점점 멀리 사라져 간다.

그런데 연인이 당신 곁을 떠나 멀리 사라져 갔는데도 연인의 모습이 조금도 작아지지 않았다는 느낌을 가져본 적이 있는가? 실제로는 거리가 점점 멀어지기 때문에 연인의 모습도 당연히 작아져야 하지만, 느낌상으로는 조금도 달라지지 않는 것처럼 생각되는 것이다.

이는 대상이 변화하지 않고 안정된 상태에서 지각하는 '항상성'의

◆◆◆

● **시각의 항상성 실험** 엄지 손가락을 눈앞에 세운다. 그리고는 그대로 팔을 앞으로 뻗는다. 어떤가? 엄지 손가락의 크기는 조금도 달라지지 않았을 것이다.

경향 때문이다. 이 항상성은 크기 외에 형태, 밝기, 소리 등에서도 지각할 수가 있다.

가령 눈앞에 커피잔이 있다고 하자. 잔 가장자리 부분은 우리 눈에는 타원형으로 보여진다. 그러나 우리들은 그것을 타원형으로 생각하지 않고 둥근 것으로 인식한다.

즉, 우리가 지각하고 있는 것은 '눈에 비친 자체'가 아니다. 원래부터 '알고 있는 대로'의 사물을 지각하는 것이다.

소란스러운 곳에서도 알아들을 수 있는 까닭은?

◆ 칵테일 파티 효과

많은 친구들이 모여 마냥 떠들어대는 파티는 참으로 즐거운 시간이다. 그런데 그토록 시끄러운 소음 속에서도 자신과 이야기하는 상대방의 말을 분명히 알아들을 수 있다는 것은 참으로 이상한 일이 아닐 수 없다. 여러 사람의 소리, 각종 악기가 연주되는 그 소란스런 장소에서 상대방의 이야기를 공간적으로 식별하여 알아듣는 현상을 '칵테일 파티(Cocktail Party) 효과'라고 말한다.

비단 파티 장소뿐만 아니라, 우리들은 항상 가지 각색의 소음 속에서 살아가고 있다.

◆◆◆──────────────────────────────

● **녹음은 어렵다** 여러 가지 소리에 대한 식별은 당사자가 직접 그 장소에 있었기 때문에 가능한 것이다. 그러나 녹음기로 녹취했을 경우에는 식별하기가 곤란하다.

 지금 이 시간, 당신의 주변에서는 어떤 소리가 들려오고 있는가? 차량소리, 비오는 소리, 바람 부는 소리, 가까이에서 들려오는 사람들의 이야기 소리, 전화 소리, 문 여는 소리 등 여러 가지 소리가 뒤범벅이 되어 들려올 것이다. 의도적으로 귀를 기울여 들어보면 지금까지 의식하지 못했던 소리를 듣게 될지도 모른다.

 우리 주변에서는 동시에 여러 가지 소리가 들려오지만, 우리들은 그 모두를 지각하지는 않는다. 특정한 소리가 분명하게 들리는 것은 그 소리에 주의력을 쏟고 있기 때문이다. 이것을 심리학적인 용어로 '선택적 주의'라고 한다. 즉, 사람들은 소리를 선택하고 있는 것이다.

 그런데 파티같은 장소에서 자신을 화제로 삼았을 때, 이상하게도 먼 곳에서 하는 이야기 소리가 당신의 귀에 들려오는 경우가 있다. 이것 역시 칵테일 파티 효과의 하나이다.

신비로운 인상을 주는 잔상효과

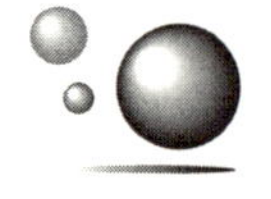

◆ 잔상현상

 어린시절, 강한 태양광선이 내려쬐는 여름철에 밖에서 놀다 집에 돌아오면 한동안 주위 환경이 헐레이션(Halation:사진의 경우 강한

광선으로 인해 피사체가 뿌옇게 나타나는 현상) 현상을 일으킨다. 그 것을 이상하게 생각해 본 적은 없는가?

이같은 현상은 눈의 생리적 구조 때문이다.

강렬한 태양광선은 망막을 강하게 자극한다. 이렇듯 강하게 자극받은 망막은 시신경을 극도로 흥분시키는데, 자극이 없어진 후에도 그 흥분은 한동안 가라앉지 않는다. 이 때문에 망막은 앞서 본 상을 어렴풋이나마 간직한 채 사물을 보게 된다.

이와 같은 현상을 잔상현상이라고 한다.

그런데 이와 같은 효과를 이용한 것이 사찰 건물이다.

사찰을 단청하는 데는 주로 붉은 색이 사용되는데, 이 붉은색과 인접하여 쓰여지는 보색으로 녹색을 이용한다. 인간의 눈은 한 가지의 색을 응시하면 그 보색의 잔상이 떠오르게 되어 있다. 이 붉은색과 녹색의 경계선상에는, 붉은색을 본 잔상의 녹색과 녹색을 본 잔상의 붉은색이 동시에 생겨난다. 즉, 양자의 잔상이 겹쳐 명도를 배가시킨 황색의 잔상이 나타나는 것이다.

이것이 위엄에 싸인 사찰의 신비로운 인상을 심어 주는 데 한몫을 톡톡히 하는 것이다.

심리학적인 측면에서 말한다면,
우리가 살고 있는 자체가 삶에 대한
공부를 하고 있는 것입니다.
우리는 자신도 모르는 사이에
어떤 것들을 공부하고 있는 것일까요?

6

학습과 기억의 메커니즘

경험이 행동을 바꾼다

◆ 학습

태어난 아기가 하는 일이란 먹고, 자고, 울고, 배설하는 것이 고작이다. 그런데 지금의 당신은 어떠한가?

아침에 잠자리에서 일어나면 세수를 하고, 화장을 한 다음 아침밥을 먹는다. 그리고는 출근 준비를 서두른다.

'오늘은 어떤 옷을 입을까?' 하고 잠시 생각하다가, 애인이 붉은색을 좋아하는 것을 생각해 내고 붉은색 스커트에 흰 블라우스를 입기로 했다.

시계를 들여다보니 집을 나설 시각이 이미 지나 버렸다.

'어머나! 이렇게 꾸물거리다간 지각하고 말겠어.'

종종걸음으로 지하철을 타고 회사에 도착하여 겨우 지각만은 면할 수 있었다. 그리고 주어진 업무를 수행하기 위해 하루종일 부산하게 움직인다.

왜 사람들은 이처럼 자주적으로 능숙하게 여러 가지 행동들을 할 수 있을까? 아무것도 할 줄 모르는 어린 시절이 바로 엊그제였는데 말이다.

이는 우리가 태어났을 때부터 오늘에 이르기까지 배우고 경험한 학습 때문이다.

예를 들어, 지각을 하지 않으려고 종종걸음으로 지하철역에 달려간

● **학습과 구별되는 것** 경험의 결과에 의해 어떤 행동이 일어나는 것을 학습이라고 하는데, 신체의 성장이나 성숙에 의한 것, 약물의 복용이나 피로에 의한 것은 학습에 해당되지 않는다.

행위도 따지고 보면, 과거에 그렇게 해보았더니 제 시간에 전철을 탈수 있었다는 경험 때문이다. 그리고 붉은 색상의 스커트를 입으려고한 것은 사랑하는 연인이 붉은색을 좋아한다는 사실을 경험을 통해알고 있었기 때문이다.

즉, 우리들이 일상적으로 하는 모든 행동들이 지금까지의 경험에의해 배우고 인지한 결과인 것이다.

이처럼 경험에 의해 행동이 바뀌고, 경험의 결과에 의하여 또다른행동이 발생하는 것을 '학습'이라고 한다.

'학습'이라고 하면 좋은 것만을 배우는 것처럼 생각되지만, 심리학에서 말하는 학습의 경우는 꼭 그렇지만은 않다.

예를 들어, 아이가 학교를 쉬고 싶어 꾀병을 부렸더니 어머니가 감쪽같이 속아넘어 갔다. 그러자 이 아이는 재미가 붙어 다음날도 꾀병을 부렸다.

이것도 역시 학습에 속한다.

6 학습과 기억의 메커니즘

무기력한 인간은 왜 태어나는가 ?

◆ **학습된 무력감**

'좋은 것만을 배우는 것이 학습은 아니다' 라는 것에 대한 하나의 실험사례를 소개한다.

한 마리의 개를 작은 방에 넣고, 그 개에게 전기충격을 가한다. 당연히 개는 충격을 받고 방 안을 정신없이 돌아다니게 된다.

그러나 이 방의 벽과 바닥 구조는 전기충격이 발생하도록 설계되어 있기 때문에, 방 안을 아무리 도망쳐 다녀도 소용이 없다. 결국 저항을 중지하고 방구석에 쭈그리고 앉는다. 이러한 행동은, 이 개가 '어떤 행동을 해도 소용이 없다' 는 것을 학습한 결과이다.

그 다음 개를 다른 방으로 데리고 간다. 그리고 개를 방바닥에 앉게 한 다음 앉아 있는 부분에만 전기충격을 가했다.

그랬더니 이 개는 앞서의 방에서와 마찬가지로, 아무런 저항도 하지 않고 그대로 자리에 앉아 있었다. 일어서서 한 발자국만 움직여도 전기충격의 고통에서 벗어날 수가 있는데도 말이다.

이처럼 수동적이며 무기력한 상태를 심리학에서는 '학습된 무력감'이라고 한다. 이와 같은 현상은 우리들 주위에서 흔히 볼 수 있다.

근래에 와서 국회의원 선거나 지방의회 의원 선거의 경우 투표율이 매우 저조하다. 투표를 기피하는 사람에게 그 까닭을 물어보면, 어차

● **어린이의 무기력을 방지하기 위해서는** 무엇인가를 하려다가 마음 먹은대로 이루지 못했을 때, 또는 어떤 일에 실패했을 때 '오늘은 못했지만 언젠가는 꼭 될 것' 이라는 신념을 심어주는 것이 좋다.

피 누구를 뽑아도 마찬가지'이기 때문이라고 말한다. 이같은 현상은 정치에 대한 불신감과 자신이 투표한 한 표가 아무런 효과도 없었다는 학습된 무력감 때문이다.

개도 학습을 한다

◆ 고전적 조건부여

'학습'에는 몇 가지 방법이 있다. 그 중 하나가 '고전적 조건부여'이다.

'고전적 조건부여'가 무엇인지 의아해 할지 모르지만, '파블로프의 개'라고 하면 바로 알아차리는 사람도 있을 것이다.

'파블로프의 개'란 러시아의 생물학자 파블로프가 행한 실험의 이름이다. 그 실험의 내용은 다음과 같다.

우선 개에게 메트로놈(음악에서 악곡의 박자를 측정하거나 템포를 지시하는 기구)의 소리를 들려준다. 이때 개는 이 소리에 귀를 기울인다. 그런 다음 개에게 먹을 것을 제공한다. 이런 식으로 메트로놈의 소리를 들려주다가 먹을 것을 주는 행위를 계속 반복한다. 결국 개는 습관화되어 메트로놈의 소리를 듣기만 해도 먹이를 연상하며 침을 흘리게 된다.

● **파블로프(Pavlov, Ivan Petrovich : 1849~1936)** 심리학에 큰 영향을 미쳤으나, 파블로프 자신은 심리학자가 아니라 생리학자라고 말했다. 또한 그는 심리학이 가장 싫어하는 학문이라고 말했다는 에피소드가 있다.

■ 파블로프의 개

B
A
메트로놈
먹이
파블로프의 개
A의 관계를 이용하여 B의 관계를 학습시켜요
실험수단
1
똑딱똑딱
?   ?   ?
2
똑딱똑딱
3
똑딱똑딱

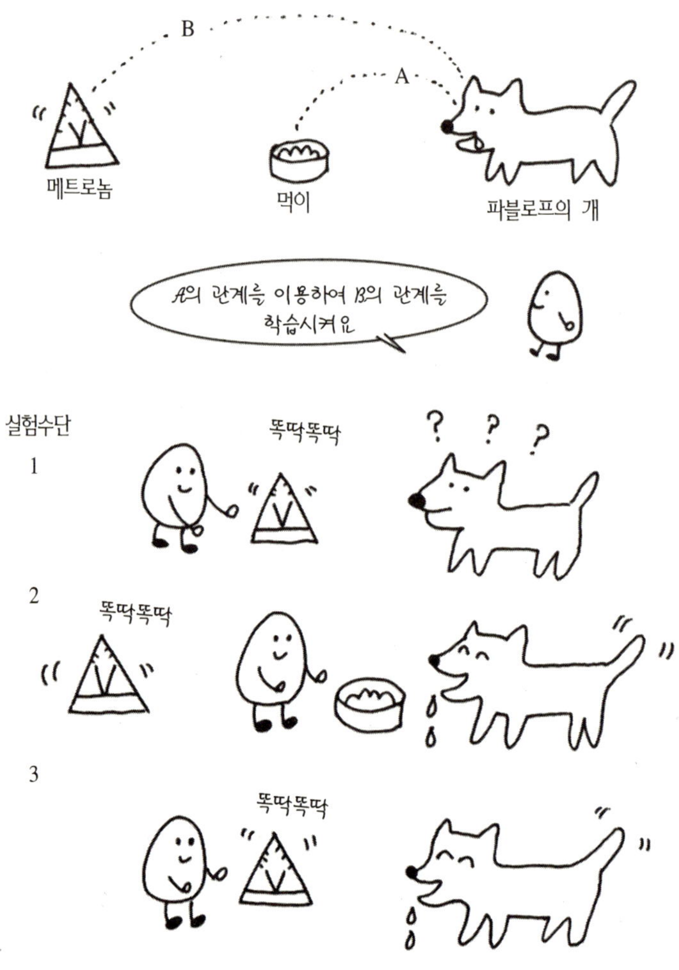

　파블로프는 '메트로놈의 소리만 들어도 침을 흘리는 반응', 즉 어떤 특정조건에 행하는 반사운동을 '조건반사'라고 이름 붙였다.
　이 '조건반사'를 전제로 한 학습을 고전적 조건부여라고 한다.
　예를 들어, 레몬이나 자두를 연상하는 것만으로도 입 안에 침이 고이는 것은 고전적 조건부여의 학습결과이며, 애완용 개에게 재주를 가르칠 때 이용하는 것도 고전적 조건부여의 학습이다.

광고방송은 은근히 조건을 제시하고 있다

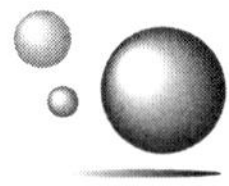

　TV의 광고방송에는 고전적인 조건부여가 활용되고 있다.
　예를 들어, 어느 화장품 회사에서 피부를 희게 하는 크림을 판매하려고 한다.
　이 회사는 즉시 TV 광고의 제작에 들어갔다. 광고 제작에 기용된 여성은 젊고 아름다운 인기배우였다. 사진촬영 현장은 피부가 희게 보이도록 하기 위해 검푸른 바다와 파란 창공이 시원하게 펼쳐지는 남국의 모래사장을 배경으로 설정했다.
　마침내 완성된 광고의 영상에는, 아름다운 해변 경치와 조화를 이룬 인기 여배우의 매력적인 자태가 보는 사람으로 하여금 싱그러움을 자아내게 하였다. 그리고 이 광고를 대하는 많은 여성들은 '정말로 희고 아름다운 피부야. 나도 저 여자처럼 되었으며 좋겠어!'라는 느낌을 갖게 된다. 이때 아주 자연스럽게 화면에 나타난 크림을 보고, '저 크림을 바르면 틀림없이 희고 아름다운 피부가 될 거야'라는 생각을 갖게 된다. 즉, 화면의 여성과 화장용 크림이 밀접한 연관성을 갖는 것처럼 느끼는 것이다.

광고에 등장하는 대부분의 모델을 잘 생기고 개성이 강한 남성이나 여성으로 기용하는 것은, 그들이 주는 좋은 인상을 상품의 이미지로 연결시켜 구매의욕을 일으키게 하려는 광고업자의 작전이다.

상품을 보고 '정말 좋아 보인다'는 호감을 갖게 되는 것도, 실은 광고를 통한 조건부여 때문인 것이다.

실제로 응용이 가능한 고전적 조건부여

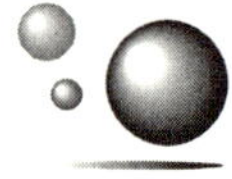

개에게 재주를 가르치거나 소비자에게 상품의 이미지를 심어 줄 경우, 고전적 조건부여를 통해 의도적으로 반응을 유도할 수 있다.

즉, '고전적 조건부여'를 이용하여 인간의 결점도 고칠 수 있다는 것이다.

그 좋은 예로 야뇨증의 치료를 들 수 있다.

생리적으로 오줌이 방광에 고이면 방광에 압력이 가해져서 잠에서

◆◆◆ ──────────────────────────────

● **고전적 조건부여의 응용**　야뇨증 외에 폐소공포증, 고소공포증, 동물공포증 등의 치료에도 이용되고 있다.

■ 학습을 치료에 사용할 수 있다

· 파블로프의 개의 경우

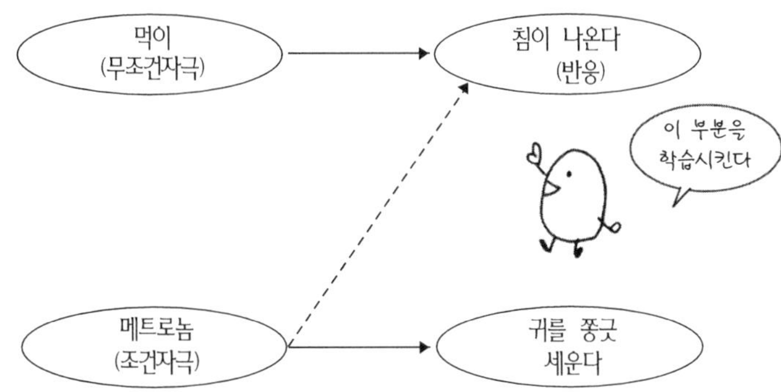

· 야뇨증 치료의 경우

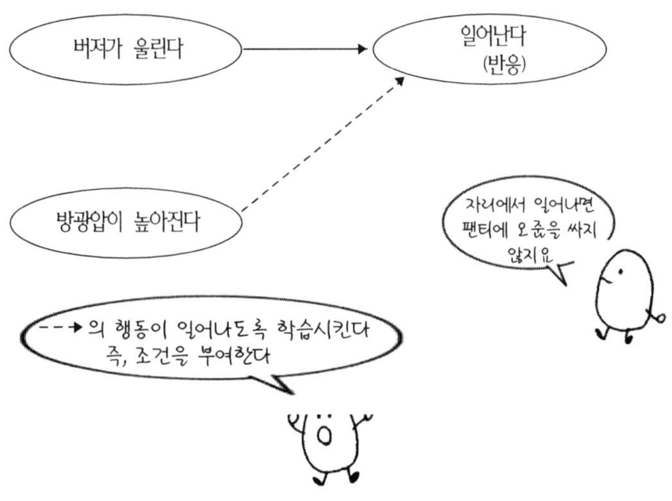

깨어나게 된다. 그러나 잠에서 깨어나지 못하고 이불 속에서 방뇨하는 사람도 있다. 이런 사람은 방광에 오줌이 차도 그 압력을 의식하지 못하고, 자신도 모르는 사이에 방뇨를 해 버리는 것이다. 따라서 방광의 압력을 의식(조건자극)하도록 만드는 조건부여가 필요하다.

조건반사는 조건자극이 반응을 이끌어내는 것(파블로프의 개의 경우, 메트로놈의 소리가 조건자극이며, 이 소리를 듣고 침을 흘렸다)을 말한다. 따라서 잠에서 깨어나고 싶다는 반응을 이끌어내는 조건부여를 가하면 되는 것이다.

이 조건부여에 사용되는 것이 센서 장치가 부착된 팬티이다. 센서는 팬티가 젖으면 그것을 감지하여 버저가 울리는 구조로 되어 있다. 야뇨증 치료를 받는 사람은 잠자리에 들 때 이 팬티로 갈아 입는다.

이것을 몇 일 동안 계속하면, 버저 소리가 나지 않더라도 방광의 압력을 의식하고 스스로 잠에서 깨어나게 된다.

밀어서 안 되면 당겨 보아라!

◆ 시행착오학습

한때 일본에서는 게임의 주인공인 마리오가 버섯을 따면 점수가 올라가는 패밀리 컴퓨터의 '슈퍼 마리오'라는 게임이 크게 유행하였다.

● **손다이크(Thorndike, Edward Lee : 1874~1949)** 미국의 심리학자이자 교육학자. 심리 테스트나 쌍생아 연구 등으로 성과를 올렸다. 그가 만든 '손다이크 영어단어 통계표'는 유명하다.

슈퍼 마리오 게임의 경우 버섯을 재빨리 따는 요령을 알고 있어야 하며, 다른 게임의 경우에는 슈퍼 마리오의 경우를 연상하면서 득점요령을 알아내야 한다. 일반적으로 득점요령을 터득하는 방법은 책을 통해 익히거나 다른 사람으로부터 배우는 것을 제외하고는 모두 우연하게 터득한 것이 아닐까?

이 우연하게 터득한 행동도 실은 학습의 하나이다.

19세기 말경 손다이크는 고양이를 사용한 실험을 했다. 그것이 바로 '손다이크의 문제상자'이다.

우선 고양이를 특수 장치가 된 상자 속에 넣는다. 상자는 모두 열다섯 종류인데, 각 상자마다 레버를 누르거나 끈을 잡아 당기면 문이 열리도록 고안되어 있으며, 이 문이 열려야만 먹이를 먹을 수가 있다.

상자 속에 들어간 고양이는 처음에는 밖으로 나가려고 이리저리 움직이거나 발톱으로 벽을 긁어대다가 우연히 레버를 밟아 밖으로 나오

6

학습과 기억의 메커니즘

게 된다. 그러면 그 고양이를 다시 상자 속에 집어 넣는데, 이러한 과정을 여러 번 되풀이하는 가운데 고양이는 불필요한 소모적 행동을 생략하고 우연히 터득한 요령에 의해 더 빨리 밖으로 탈출하게 된다.

손다이크는 고양이가 처음에는 실패를 했지만, 우연히 해결방법을 발견해 냈다고 생각했다.

이처럼 우연한 성공을 수반한 학습을 '시행착오학습(trial and error)'이라고 한다.

즉, '이러한 상황일 때(자극:S)는 이렇게 하면 된다(반응:R)'는 사실을 배우는 것이다. 즉, S와 R이 서로 상관하는 상태를 말한다. S에 따른 R이 좋은 것인지의 여부에 따른 '효과의 법칙'에 의해 터득된다고 한다. 무슨 일이건 성공하느냐 못하느냐는 실제로 해보지 않고서는 모른다는 것이다.

좋건 나쁘건 '흉내'를 낸다

◆ 모델링에 의한 학습

오래 전에 미국의 한 아버지가 어린 쌍둥이 형제에게 싸움을 시키고 그 모습을 비디오로 촬영했다가, 경찰에 연행되어 유죄판결을 받은 일이 있었다. 재판장은 이 아버지의 장난 섞인 행위를 유아학대로

● **모델링에 의한 행동요법** 예를 들어, 개를 극도로 싫어하는 어린이에게 다른 아이가 개와 친밀하게 지내는 장면을 보여준다. 이렇게 하면 개를 싫어하던 어린이도 차츰 개와 친숙해지게 된다.

규정했지만, 아이 아버지는 '싸움이 나쁘다는 것을 직접 아이들에게 가르쳐 주기 위해 비디오로 촬영했다'고 항변했다. 어쨌든 이 아이 아버지의 생각은 심리학적으로 비추어 보아도 잘못되었다고 할 수 있다.

학습방법 중에는 '모델링(Modeling)에 의한 학습'이 있다. 이것은 타인의 행동을 관찰한 후 그 행동경험을 몸에 지닌다는 것이다.

반뒬러는 어린이를 대상으로 모델링의 실험을 실시했다. 우선 그는 어린이들에게 비디오를 보여 주었다. 비디오에 등장하는 인물은, 사람의 실물크기와 비슷하게 비닐로 만들어져 있으며, 아이들이 이 인형을 발로 차거나 때리고, 욕설을 퍼부으면서 공격을 가하는 내용이었다. 비디오를 다 보고 이 아이들을 화면에 등장한 것과 같은 비닐 인형이 준비되어 있는 다른 방으로 데리고 갔다. 그랬더니 누가 시키지 않았는데도, 일제히 인형쪽으로 달려가 공격행위를 하였다고 한다.

즉, 인간들은 아무 이해관계가 없지만 남의 행동을 모방한다.

단숨에 할 것인가, 아니면 쉬면서 할 것인가?

◆ 효율성이 높은 학습법

'2주일 내에 완전 마스터', '90분으로 완전 이해' 등의 광고문구를 우리는 자주 접한다. 실제로 우리는 무엇인가를 배우고자 할 때, 가급적 빨리 또는 쉽게 터득하면 얼마나 좋을까 하고 생각한다.

그렇다면 어떻게 하는 것이 효율성이 높은 학습일까?

평소 우리가 하는 학습을 시간 배분이라는 관점에서 생각할 경우, 2가지의 방법으로 나눌 수 있다.

하나는 '집중학습'인데, 이것은 단숨에 휴식도 없이 공부를 계속하는 방법이다.

또 하나는 '분산학습'인데, 휴식을 취해가면서 느긋하게 공부하는 방법이다. 지금까지의 연구결과에 의하면, 집중학습보다는 분산학습 쪽이 효율이 높다고 한다.

그 이유는 공부를 하는 도중 휴식을 취함으로써 그 사이에 머리 속에서 복습을 할 수 있다는 것이다. 집중학습의 경우 집중력이나 주의력을 지속적으로 유지해 가기가 어려운 반면, 분산학습 쪽은 학습내용을 이해하고 터득하는 데 효과가 크다는 것이다.

일반적으로 분산학습이 효율성이 좋다고는 하지만, 경우에 따라서는 집중학습도 좋은 효과를 거둘 수 있다.

● **분산학습**　학습내용이 어렵거나 학습기간이 긴 것은 분산학습 쪽이 효율성이 높다. 이는 스포츠도 마찬가지이다.

초기 학습은 '분습법'으로

　여름방학 과제로 영어문제집이 배부되었다고 가정해 보자. 10페이지 정도의 적은 양이지만, 여름방학이 끝난 즉시 그것에 대한 시험이 있다고 한다.

　어떤 방식으로 공부를 해야 효율적으로 머리 속에 집어넣을 수가 있을까?

　이번에는 학습시간이 아니라 문제집 그 자체를 어떤 식으로 분류하여 공부하는 것이 좋은가에 대해 생각해 보자.

　배분방법은 크게 두 가지로 구분할 수 있다.

　하나는 '전습법(全習法)'으로, 문제집을 처음부터 끝까지 일관적으로 공부하는 방법이다. 또 하나는 '분습법(分習法)'으로, 문제집을 몇 개로 구분하여 공부하는 방법이다.

　이것 역시도 집중학습과 분산학습처럼, 공통적으로 어느 한 방법이 좋다고는 결론내릴 수 없다.

　그러나 지능이 높은 사람이나 고령자의 경우는 '전습법'이 효율적이며, 지능이 낮은 사람이나 젊은 사람의 경우는 '분습법'이 효율적이라고 할 수 있다.

　또 영어회화나 역사공부의 초기학습에도 대체로 '분습법'이 유리하다고들 한다.

기억의 메커니즘

친구들과 대화를 즐기거나, 장편소설을 읽거나, 한 번 가본 곳을 다시 찾는 것은 우리들에게 '기억'이라는 기능이 있기 때문에 가능하다. 기억의 구조는 인지심리학 분야에서 연구되고 있는 주제이다.

'당신이 알고 있는 사람의 이름을 모두 써 주십시오' 하고 요청할 경우, 과연 몇 사람의 이름이나 기억해 낼 수 있을까? 가족이나 친척, 친구, 저명인사, 역사상의 인물 등 그 영역은 참으로 방대할 것이다. '이름' 한 가지만 해도 우리의 머리 속에는 엄청난 양의 정보가 들어 있다.

그러나 아무리 많은 정보가 들어 있다해도, 지금까지 한 번도 만난 적이 없거나 혹은 자주 들어보지 않은 이름은 쉽게 기억하지 못한다. 그 중에는 듣기는 했지만 곧 바로 잊어버린 사람, 몇 일 전까지는 기억하고 있었지만 지금은 잊어버린 사람도 있을 것이다.

도대체 이 기억의 메커니즘은 어떻게 되어 있을까?

기억의 저장고는 감각기억, 단기기억, 장기기억의 3단계 기능으로 나누어져 있다.

우선 외부에서 들어온 정보가 처음 방문하는 곳이 '감각기억'이다. 여기에 저장되는 기억은 극히 짧은 정보로서, 지속시간도 짧아 눈으로 본 것은 1초 정도, 귀로 들은 것은 4초 정도 기억된다고 한다.

　그리고 감각기억 가운데에서 주의를 기울인 정보만이 단기기억에 보내진다. 그러나 여기에서도 유지시간은 짧은 편으로 대체로 15초 정도이며, 정보량도 5개 내지는 9개 정도에 지나지 않는다.

　단기기억에서 장기기억으로 옮겨가기 위해서는 연습이 필요하다. 연습이란 정보를 몇 번씩이나 머리에 떠올리거나 입에 올려 중얼거려 보는 것을 말한다.

　즉, 입수된 정보를 멍청하게 듣고만 있으면 그 정보는 지워져 버리고 만다. 즉, 긴장상태에서 듣지 않으면 아무것도 기억할 수 없다.

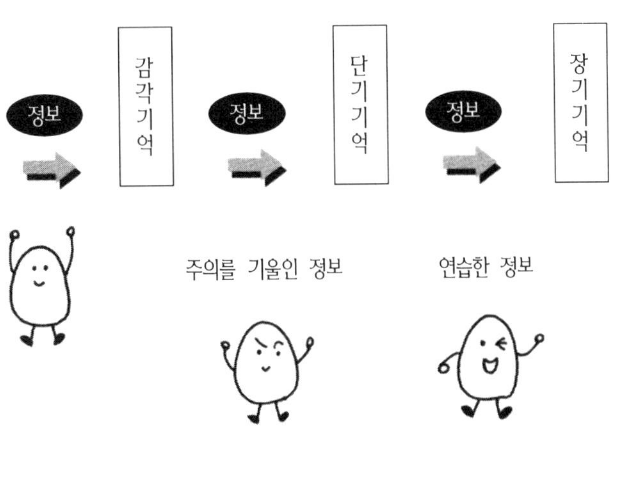

■ 기억의 구조

망각의 메커니즘

◆ 간섭설

친구와의 약속을 잊어버리거나, 암기해 두었다고 생각한 답안이 막상 시험장에서 생각나지 않는 경우가 있다.

연습을 되풀이하여 겨우 장기기억 속에 간직해 두었던 정보인데도 말이다.

도대체 '잊어버리는' 현상은 왜 일어나는 것일까?

망각의 메커니즘을 설명하는 하나의 주장 가운데 '간섭설'이라는 것이 있다. 간섭설은 이미 받아들인 정보 다음에 입수된 정보 또는 그 이전에 있었던 정보가, 그 정보의 보전을 간섭하거나 방해한다는 것이다.

이 '간섭설'을 뒷받침하는 하나의 사례가 있다.

예를 들어, A라는 사람이 어떤 학습을 마치고 나서 잠시 잠을 잤다고 하자. B라는 사람도 어떤 학습을 마쳤는데, 잠은 자지 않았다. 여기에서 잠이라는 형태는 잠시 눈을 붙이는 선잠을 말한다. 그런데 결과적으로 선잠을 잔 쪽이 학습의 기억 정도가 좋았다고 한다(이것을 '선잠의 효과'라고 한다).

즉, 선잠을 자지 않을 경우에는 무의식중에 여러 가지 정보가 머리속을 파고 들어와 학습의 보전을 방해하는 것이다.

◆◆◆ ───────────────────────────────────

● **정신분석학상의 망각** 불유쾌한 체험이나 자존심이 상한 경험은 좀처럼 잊혀지지 않고 무의식의 세계에 깊이 뿌리를 내린다고 한다.

　시험을 앞둔 전날 밤에는 중요한 것만 머리 속에 집어넣고, 그 다음은 충분히 수면을 취하는 것이 기억을 효과적으로 되살려 내는 비결이다.

이야기 전달 게임과 기억의 관계

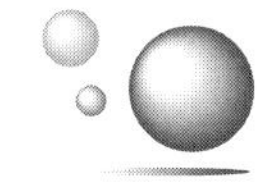

　상대에게 귓속말로 이야기를 전달하는 놀이가 있다.

　우선 청군과 백군이 서로 떨어져 줄지어 늘어서 있다. 게임이 시작되면, 어떤 사람이 선두에 서 있는 사람에게 귓속말로 어떤 이야기를 들려준다. 그러면 말을 전해들은 사람은 다음 사람에게 역시 귓속말로 자기가 전달받은 이야기를 그대로 전달해 준다. 이런 식으로 다음에서 다음으로 전달하여 제일 마지막 사람이 들은 내용을 최초의 전달자에게 큰 소리로 외친다.

그러나 대개는 말이 전달되는 과정에서 변질되어 마지막에 이르러서는 완전히 엉뚱한 말로 바뀌는 일이 보통이다.

그렇다면 왜 이토록 내용이 변질되는 것일까? 그 까닭은 인간의 기억요령과 관계가 있다.

예를 들어, 어제 있었던 일, 즉 친구 또는 가족들과 이야기한 것을 기억해 낸다고 하자. 이야기의 대략적인 내용은 기억하겠지만, 그 이야기를 어떻게 표현했는가를 모두 기억해 낸다는 것은 거의 불가능한 일이다.

이것이 사람들의 기억방식의 특징 가운데 하나인데, 대화나 소설, 긴 이야기나 문장 등의 하나 하나를 기억하는 것이 아니라, 전체적인 개요만을 기억하는 것이다. 제공된 언어 하나 하나를 기억하는 녹음기와는 전적으로 성질이 다르다.

그런데 이야기 전달 게임이나 뜬소문같은 것은 말뿐만 아니라 내용까지도 변질되는 일이 많다. 이것 역시도 사람의 기억방식의 특징이라고 할 수 있다.

다시 이야기 전달 게임으로 돌아가 보자.

"세모 난 얼굴의 여자가 방 안에서 TV를 보고 있습니다. 창 밖을 내다 보았더니 비가 오기 시작하여, 설거지를 하려고 우산을 들고 밖으로 나갔습니다."

■ 이야기 전달 게임

세모 난 얼굴의 여자가 방 안에서 TV를 보고
있습니다. 창 밖을 내다 보았더니 비가 오기
시작하여, 설거지를 하려고 우산을 들고
밖으로 나갔습니다 .

네모 난 얼굴의 여자가 방 안에서 TV를 보고
있습니다. 창 밖을 내다 보았더니 비가 오기
시작하여 빗물을 받으려고 물통을 들고
밖으로 나갔습니다.

네모 난 여자가 방에서 VTR을 보고 있었습니다.
이때 창 밖에서 비가 쏟아져 빗물을 받아
모으려고 큰 통을 들고 나갔습니다 .

　그런데 이 이야기는 전해들은 각각의 사람에 따라 해석이 다를 수 있다. 예를 들면, '세모 난 여자'의 '세모'를 잘 이해하지 못하고 세모(細毛)로 해석하여 '솜털이 난 여자'라고 생각할 수도 있으며, 세모를 세모(歲暮)로 받아들일 수도 있다, 또 어떤 이는 세모를 '네모(四角)'로 잘못 해석하여 '네모 난 얼굴의 여자'로 받아들일 수도 있다.

　즉, 사람들은 어떤 정보를 기억할 때, 그 사람이 지니고 있는 지식이나 지식구조에 영향을 받아서 기억한다. 그래서 이야기를 전달할 때에는 자기 생각에 의해 이야기의 내용이 합리화되도록 손질을 하게 되는 것이다.

목격자의 증언은 어디까지 믿어야 하나?

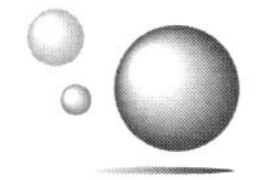

◆ 개념과 기억

사건해결에 하나의 단서가 되는 것이 목격자의 증언이다. 그러나 목격자의 증언이라 할지라도 정말 그것을 믿어도 좋은지에 대한 실험 결과가 있다.

우선 실험 대상자에게 두 대의 차량이 서로 충돌하는 영화 속의 교통사고 장면을 보여 준다.

그런 다음 한 사람에게 (a) '차가 격돌했을 때 그 차가 어느 정도의 속도로 달리고 있었습니까?' 라는 질문을 했다.

또 한 사람에게도 비슷한 내용으로 (b) '차가 충돌했을 때 그 차가 어느 정도의 속도로 달리고 있었습니까?' 하고 질문했다.

그랬더니 (a)와 같은 질문을 받은 사람은 (b)의 질문을 받은 사람보다 차의 속도가 매우 빨랐다고 말했다. 그후 한 주일이 지나 다시 두 사람을 불러 '유리창이 깨진 것을 보았습니까?' 하고 질문을 했더니 (a)는 (b)보다 더 자신있는 태도로 '예, 보았습니다' 하고 대답했다.

(a)는 앞서 두 대의 차량이 교통사고를 일으킨 영화를 보았기 때문에 그 기억이 아직까지 생생하게 뇌리에 박혀 있는 것이다. 그런 상태에서 질문자가 '차가 격돌했을 때' 라는 질문을 했기 때문에, '격돌' 이라는 개념과 결부시켜 '차의 속도가 매우 빨랐다! 유리창이 박

살났다!'로 자연스럽게 연결되었을 것이다.

　일반적으로 '격돌'과 '충돌'은 피해결과에도 큰 차이가 있다. 그래서 ⓐ의 증언은 격돌이라는 상황에 초점을 맞춘 것이다.

　따라서 목격자의 증언을 청취할 경우에는 '질문'에 신중을 기해야 한다.

■ 말 자체에 영향을 받는다

● **언어가 주는 인상**　예를 들어, 여성이 자신의 남편을 다른 사람에게 소개할 때 주인, 그이, 남편, ○○ 아빠 등으로 호칭한다. 그 표현에 따라 여성의 인격을 짐작할 수 있다.

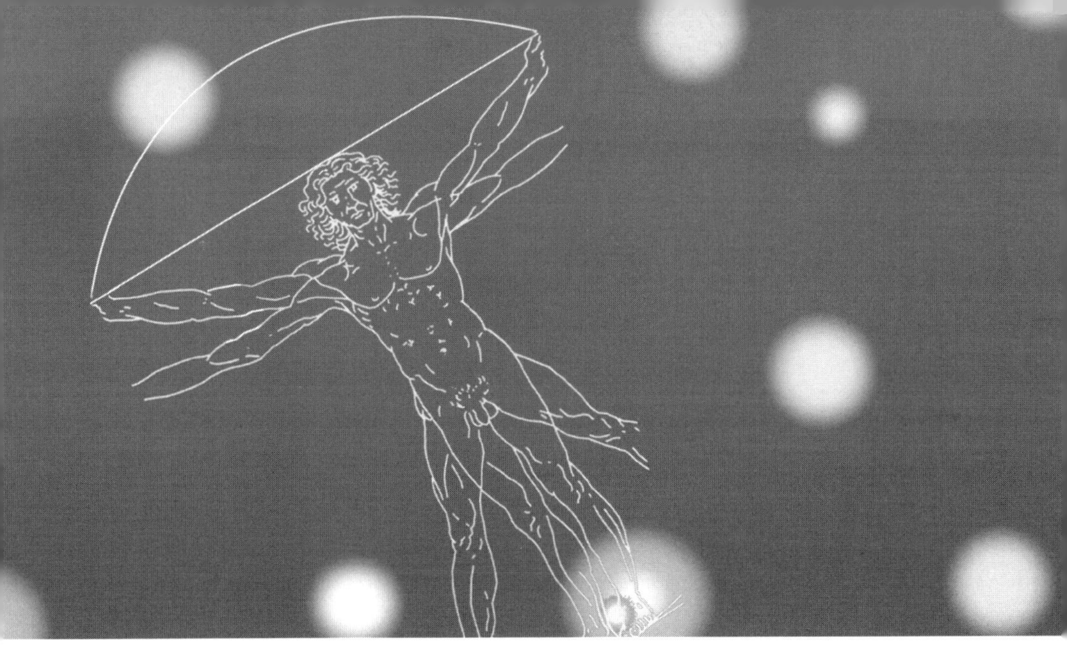

인간이 사회적 동물인 이상
마음 또한 사회와 밀접한 관계를 갖고 있습니다.
여러 가지 흥미로운 연구결과를 소개하면서,
우리 주변에서 일어나고 있는
예를 들어 알기 쉽게 설명하려고 합니다.

7

사회 속에 존재하는 인간의 마음

인간의 행동은 사회와 깊은 관계가 있다

우리는 식사를 하거나 직장에 출근을 하는 등 매일 여러 가지 행동을 한다.

그러나 이와 같은 행동이 순전히 자기 자신의 주체적인 생각에서 이루어지는 것이라고는 볼 수 없다. 그 중에는 타인에게 영향을 받아 행동하는 것도 있다. 우리들은 사회 속에서 여러 사람들과 관계를 가지면서 생활하기 때문에 타인으로부터 영향을 받는 것은 지극히 당연하다. 타인에 의해서 영향을 받는 행동을 사회적 행동이라고 한다.

사회적 행동을 좌우하는 큰 요인 가운데 하나가 사회적 태도인데, 사회에서 발생하는 사물에 대한 가치관을 뜻한다. 예를 들면, 인종편견, 정당지지, 종교 등도 사회적 태도에 속한다.

개인의 사회적 행동은 그 사람이 속해 있는 사회의 분위기에 크게 영향을 받는다. 사람들은 자신도 모르는 사이에 성장해 온 사회의 분위기를 받아 들임으로써, 그것이 몸에 배는 것이다. 그 중에서도 부모가 미치는 영향은 매우 크다.

그런데 사회의 분위기를 지나치게 강조하면 사람의 행동에는 어떤 경향이 나타나게 된다. 그러한 예 가운데 하나가 타인의 행동에 맞추어서 행동하는 일이다. 그러나 반대로 사회에 대해 반항적인 행동을 하거나 현실 도피적인 행동을 취하는 일도 있다.

바람잡이꾼의 실험

◆ 동조 · 1

만일 옳다고 확신하는 자신의 의견을 주위 사람 모두가 부정한다면 당신은 그것을 어떻게 받아들일 것인가?

여기 실험사례 한 가지를 소개한다. 피실험자는 길이가 다른 세 가닥의 선을 관찰하였다. 그런 다음 이 중에서 어느 것이 제일 긴가를 질문받았다.

피실험자 중에는 몇 사람의 바람잡이가 끼어 있어서 일부러 두 번째로 긴 선을 제일 길다고 우겼다. 이같은 실험을 되풀이하면 처음에 올바른 답을 제시했던 사람도 차츰 주위 바람잡이들의 말에 이끌려, 두 번째로 긴 선을 제일 길다고 생각하게 된다.

바람잡이가 처음에는 올바르게 대답하다가 나중에 다른 바람잡이와 싸고 틀린 답을 옳다고 말하면, 자연히 정답을 말하던 피실험자도 그들의 의견에 동조해 버리는 것이다.

이와 같은 현상은 정답자가 자신의 생각을 관철시키려는 생각보다도, 타인의 생각과 차이가 생긴다는 불안감 때문에 결국 자신의 생각을 포기해 버리는 것이다.

사람들은 보통 자신의 이야기가 아무리 유익하고 흥미로운 것이라 할지라도, 그로 인해 주위 사람들로부터 신뢰를 잃거나 고립의 위기

● **사람들이 북적대는 곳은 안심?** 사람들이 북적대는 곳은 싫다고 생각하지만, 사람들은 그 북적대는 곳에 관심을 갖는다. 그것은 모든 사람이 동일한 상황에 있다는 안도감을 느끼기 때문이다.

감을 느끼면 자신의 의사를 꺾어 버리는 경우가 있다. 버젓이 잘못된 것인 줄 알면서도 그것을 옳다고 받아들이는 심리도 결국 집단으로부터 배제된다는 두려움이 있기 때문이다.

협조성이 있다는 것을 뒤집어서 말하면, 동료들로부터 눈 밖에 나는 것이 두려워서 작용하는 심리라고 할 수 있다.

사람들은 왜 까닭없이 호기심을 일으킬까?

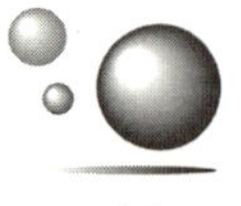

◆ 동조 · 2

길거리를 걸어가던 중 사람들이 많이 모여 웅성거리면 자신도 모르게 그들 틈에 끼여드는 일이 있다. 특히 싸움이 벌어지면 무의식적으로 그 곳에 달려가는 사람도 있다.

이와 같은 인간의 심리를 검증하려고 시도한 사람이 미국의 밀그램이다. 그는 다음과 같은 실험을 했다.

우선 어떤 사람에게 부탁하여 거리 한복판에 서서 하늘을 줄곧 쳐다보라고 했다. 그리고는 그 사람의 옆을 지나가는 사람의 행동을 관찰해 보았다. 그랬더니 놀랍게도 80퍼센트의 사람이 하늘을 쳐다보는 결과가 나왔다.

당신도 길거리 한가운데 서서 이같은 실험을 해 보면 밀그램의 실

● **무엇이든지 알고 싶다!** 근처에 구급차가 정차해 있을 경우, 거기에 가보고 싶은 마음이 드는 것은 무엇이건 알고 싶다는 욕구와 호기심이 있기 때문이다.

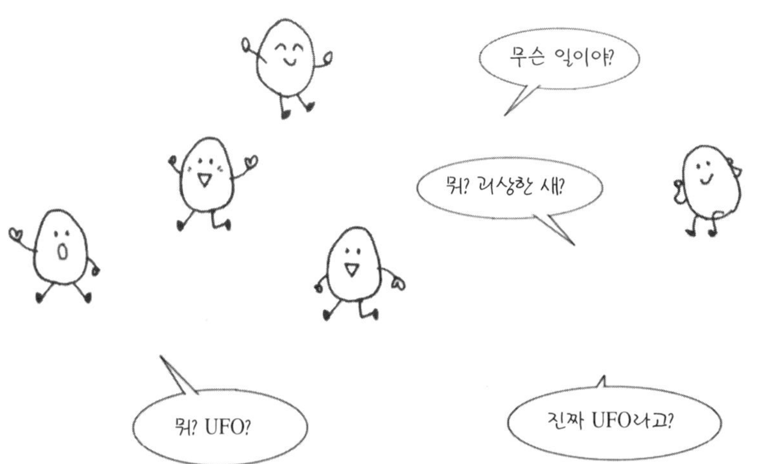

험이 사실이라는 것을 알게 될 것이다.

이와 같은 인간의 행위는 곧 동조행동을 말하는 것이라고 할 수 있다. 이에 대한 유발요인은 다음과 같다.

· 정보적 영향

정보와 확신의 부족이 원인이 되어 다른 사람의 의견이나 행동을 따르게 된다.

· 규범적 영향

조직의 일원으로서 주위 사람들과 뜻을 같이 하지 않으면 안된다는 생각에서 동일한 행동을 취하게 된다.

이렇듯 두 가지의 요인이 작용하여 동조행동을 일으킨다. 이와 같

● **개인 공간(Personal Space)**　사람은 누구든 자신의 세력권인 개인 공간을 갖고 있다. 마음을 주는 사람과의 거리가 가까워지듯, 사람과 장소에 따라 공간의 크기는 달라진다.

은 논리에 입각하여 까닭없이 끌려가는 구경꾼의 심리는 앞서의 정보적 영향에 의한 것이라고 할 수 있다.

즉, '정보에 어둡다'라는 불안의식이 군중 속에 끼여들게 하는 행동을 유발하는 것이다. 다른 말로 표현한다면 호기심이 왕성한 사람이라고 할 수 있다.

이와 같은 행동을 하는 사람은 구미 사람들보다 우리 나라 사람들에게서 더 많이 나타나고 있다.

구미 사람들은 우리와 비교할 때, '타인의 프라이버시에 관여하지 않는다'는 확고한 가치관을 가지고 있기 때문이라고 설명할 수 있을 것이다.

아무 일에나 호기심을 가지는 것은 적당한 수준에서 그치는 것이 바람직하지 않을까?

이러한 사람이 동조하기가 쉽다

◆ 동조 · 3

제2차 세계대전중 나치를 비롯하여 많은 독일 사람들이 히틀러에게 동조하여 유태인 배척운동을 전개했다. 그 중에는 처음에는 히틀러의 생각에 동조할 의사가 없었지만 자신도 모르는 사이에 그렇게 된 사

● **어느 공중전화를 사용할 것인가?** 공중전화 10대가 한 곳에 한 줄로 설치되어 있을 경우, 양 옆의 전화를 비교적 많이 사용한다. 그 까닭은 남들과 조금이라도 떨어져서 전화를 하고 싶어하는 심리가 작용하기 때문이다.

람도 꽤 많았다고 한다.

이것은 동조의 한 형태이다. 본의 아니게 동조를 하게 되는 심리의 하나로서, '남들과 다른 의견을 갖고 있는 것이 불안하여 자신의 생각을 상대방의 생각에 동화시키는 것'이다.

이러한 동조심리에 관한 연구를 한 학자 가운데 '클러치 필드라'라는 사람이 있다. 그는 동조심을 일으키기 쉬운 사람과 그렇지 않은 사람의 경향을 분석해 보았다.

이 학자의 연구결과에 의하면 동조심을 일으키기 쉬운 사람은 복종적이며 유순하고, 기호의 범위가 좁고 욕구를 지나치게 억제하며, 우유부단한 데다가, 긴장을 하면 어쩔 줄 모르며, 어떤 일에 적응하기를 고통스럽게 생각하여 암시에 걸리기가 쉽고, 타인의 평판이나 평가에 민감하다고 한다.

한편 동조심을 일으키지 않고 독자적인 판단에 의해 행동하는 사람은 현실적으로 유능한 지도자급에 속해 있는 경우가 많다고 한다. 또한 타인과 교섭을 벌일 경우 항상 우위에 서 있으며, 설득력도 강해 남을 자신의 뜻에 따르도록 만든다고 한다. 그리고 사물을 확인하기 위해 남들에게 조언을 구하며, 능력이 있을 뿐만 아니라 현실에 임기응변적으로 잘 대응한다. 일반적으로 활동적, 정력적이며, 표현력도 뛰어나다. 또한 미적, 예술적 감각을 추구하고, 체면에 신경을 쓰지 않으며, 태도가 극히 자연스럽다는 것이다.

현대에 와서는 과거 유태인에 대한 배척이 매우 잘못되었다는 견해가 지배적이다.

그러나 당시 대부분의 독일 사람들은 시류의 영향에 의해 히틀러의 정책이 옳다고 동조했던 것이다. 그렇다고 해서 동조하기 쉬운 사람만을 추궁해서는 안된다. 왜냐하면 그 대극에 있는 '독자적인 판단에 의해 행동하는 사람'들의 경향이 히틀러의 정책에 영합되는 경우가 많았기 때문이다.

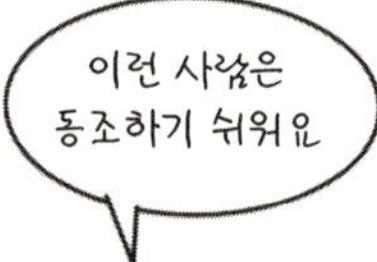

바겐세일의 심리학

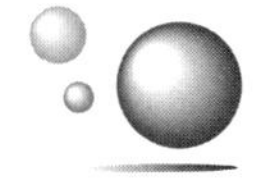

◆ 군중심리

누구나 한번쯤은 백화점의 바겐세일 기간에 충동구매를 경험한 일이 있을 것이다.

그런데 만일 바겐세일 매장에 손님이 한 명도 없었다면 당신은 그래도 물건을 구입했을까?

'혹시나 품질이 좋지 않아 손님이 없는지도 몰라.'

'인기가 없어서 손님이 없는지도 몰라.'

이러한 생각 때문에 구입을 주저하게 될지도 모른다.

반대로 매장에 많은 사람이 모여들었을 경우, '물건을 사지 않으면 손해를 본다'는 생각을 갖게 될 것이다.

이처럼 많은 사람이 모여들 경우 남의 말과 행동에 동조하기가 쉬우며, 모두 물건을 사는 데 열을 올리게 될 것이다. 이런 현상을 군중심리라고 한다. 어떤 가게에서는 일부러 바람잡이를 동원하여 사람을 의도적으로 끌어 모으는 경우도 있다.

사람들의 심리에는 '남보다 더 많은 이득을 얻고 싶다'는 욕구가 있다. 이름 있는 상품의 바겐세일 광고에 '선착순 10명에 한하여……'라는 식의 미끼 광고를 낼 때가 있는데, 이런 광고는 고객의 욕구를 불러 일으켜 충동구매를 유발하기 위한 것이다.

이와 같은 한정판매 광고를 본 손님들은 희소가치에 집착하여, '서둘러 사지 않으면 손해를 본다'는 생각으로 새벽부터 가게 앞에 장사진을 치고 있다가, 그 상품을 사고 난 후에는 '정말로 구입하기 힘든 상품을 헐값에 잘 샀다'는 자기만족에 도취하게 되는 것이다. 그러나 그 상품이 사실은 재고품으로 쌓여 있던 제품일지도 모를 일이다.

가격의 마술도 한몫을 톡톡히 한다. 예를 들어, 셔츠 한 장에 10,000원 짜리와 9,800원 짜리의 가격차는 불과 200원이지만, 9,800원 쪽이 왠지 무척 값이 싸게 느껴진다.

요즘 백화점 상품광고를 눈여겨보면 3,980원, 1,980원 등 8이나 9라는 숫자가 많이 사용되고 있는 것을 발견하게 될 것이다.

이처럼 바겐세일에도 심리학이 응용되고 있다는 것은 참으로 흥미로운 일이다. 어쨌든 장사꾼의 교묘한 심리작전에 말려들지 않도록 조심해야 한다.

'이런 곳에서도 심리학이 나오다니…….'
그렇습니다.
심리학은 인간의 마음을 연구하는 학문이기 때문에,
뜻하지 않는 곳에서도 얼굴을 내밉니다.

8

이것도 저것도
모두가 심리학

개념형성과 마음의 발달

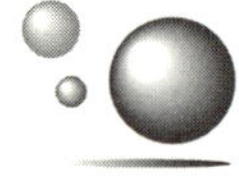

　어린 시절 친구들과 어울려 여러 가지 것들 중에서 공통점이 없는 것을 찾아내는 게임을 해본 일이 있을 것이다.

　예를 들면, '백합, 원숭이, 제비꽃, 장미 중에서 꽃과 관계가 없는 것은 무엇?' 하는 식의 게임이다.

　이러한 이질적인 대상물을 찾아내는 게임은 사고의 중요한 기능 가운데 하나인 개념의 습득 훈련에 크게 도움이 된다.

　즉, 각종 개들의 형태와 특성을 알아내는 동시에 개의 공통된 속성을 인지하여, 그것을 다른 동물과 비교함으로써 차이점을 찾아내는 것이다. 이것이 개에 대한 '개념'이라고 할 수 있다.

　어린이들의 초기의 개념은 수평적인 것이어서, 가령 개가 '멍멍' 하고 짖으면 개뿐만 아니라 모든 동물이 그와 같은 울음소리를 낸다는 개념을 갖게 된다.

　그러나 아이들이 점점 성장해 감에 따라 보다 세분화된 사물의 개념을 파악하게 되는 것이다.

　그래서 어떤 관점에서 그것들을 분류해 내는가 하는 개념 형성을 알아내기 위해 고안된 것이 '골드슈타인 셀러 테스트'이다. 이것은 다음의 그림처럼 일상생활에서 흔히 보는 물건들을 보여 준 다음, 그것을 분류하는 테스트이다. 당신이라면 다음 그림을 보고 무엇과 무

● **개념형성(Concept Formation)** 사람들은 세상에 존재하는 모든 것들을 그 무엇인가의 범주(Category)로 분류하려고 한다. 이것을 개념형성 또는 카테고리화라고 한다.

■ 개와 관련이 없는 것은?

엇이 관련된다고 생각하겠는가? 그리고 그렇게 구분한 까닭은 무엇인가?

실제로 4살 난 아이에게 이 그림을 보여주며 테스트를 해 보았더니, 장난감 개를 선택한 다음 그것과 관련되는 것으로서 재떨이, 빵, 공, 망치 등을 골랐다.

이러한 선택은 어른들로서는 납득하기 어려운 것이다. 그러나 이 아이에게는 그럴만한 까닭이 있었다.

그 선택이유를 알아보았더니, 재떨이는 개가 물그릇 대신 사용하는 것이며, 빵은 개의 먹이로 사용되고, 공은 개가 가지고 놀아야 하며, 망치는 그것을 이용해 개집을 지어야 하기 때문이라는 것이다.

이 아이의 선택은 아주 정확했다고 할 수 있다.

앞으로 이 아이가 성장해 감에 따라 공은 완구류로, 나이프와 포크는 식기류로 분류하듯, 용도와 기능, 색상, 형태 등의 개념으로 분류하게 될 것이다.

개념형성의 발달은 논리적 사고력의 발달에 영향을 준다.

예를 들어, 스푼과 나이프가 식탁 위에 올려졌으니 아마도 식사준비가 다 된 모양이라는 식으로, 사물을 논리적으로 추측하는 능력이 발달하게 되어, 저 사람은 이렇게 생각하고 있을 것이라는 심리적인 추측까지도 가능하게 되는 것이다.

이렇듯이 개념의 발달은 마음의 성장과 관계가 있다.

심리적으로 교섭을 유리하게 이끄는 법

야구에서 이름있는 명포수는 타자로 하여금 공을 헛치게 만들도록 투수를 능란하게 리드한다.

상대방 타자가 인 코스의 직구를 잔뜩 노리고 있다면, 투수에게 아웃 코스의 느린 커브공을 주문하는 등 종잡을 수 없도록 하여 타자를 놀린다.

왜 이처럼 교묘한 리드를 할 수 있을까? 그것은 상대 타자에 대한 자료를 모두 머리 속에 기억하고 있기 때문이다.

◆◆◆ ─────────────────────────────

● 상담 및 교섭시 자리에 앉는 방법 다음과 같은 그림의 경우, a처럼 앉으면 대립이나 경쟁관계가 되기 쉬우며, b처럼 앉으면 관계가 서로 소원해지기 쉽지만, c의 경우는 친밀한 관계가 만들어진다.

한 가지 쉬운 예로서 이런 경우를 생각해 볼 수가 있다. 빠른 직구를 싫어하는 타자가 타석에 들어섰다고 하자. 이 타자는 당연히 빠른 직구로 공략해 올 것이라고 생각할 것이다. 확실히 포수도 투수에게 빠른 직구를 요구할 것이다. 그러나 타자가 아무리 강속구의 직구를 싫어한다 해도 과연 그런 공을 던지게 할 포수가 있을까? 이럴 경우 이름 있는 명포수라면 상대가 예상하고 있는 직구보다는 상대의 허를 찌르는 변화구를 던지게 할 것이다.

명포수는 타자의 입장에 서서 투수에게 재치있는 배구(配球)를 지시한다. 그는 함부로 타자를 아웃시키려 하지 않고, 어떻게 하면 효과적으로, 즉 투수로 하여금 힘 안들이고 타자를 처리하도록 만드느냐를 생각하는 것이다.

평소의 비즈니스에서도 이와 같은 원리를 적용한다면 반드시 심리적으로 상대방보다 우위에 설 수 있다. 중요한 것은 자신의 요구만을 관철시키려 하지 않고, 어떻게 하면 상대방을 자신의 페이스로 끌어들이느냐를 생각하는 것이다.

이처럼 상대방의 입장에 서서 어떻게 해야 좋은 결과가 나올 것인가를 생각하는 것을 '아웃 풋 사고'라고 한다. 반대로 자신의 입장에 서서 사물을 생각하는 것을 '인 풋 사고'라고 한다.

즉, 무엇인가로 인해 교섭이나 흥정을 할 때에는 상대방의 입장에 서서 어떻게 해야 상대가 기뻐할 것인가, 또는 어떻게 할 경우 상대가 싫어하는가를 염두에 두고 행동한다면 반드시 좋은 결과가 나올 것이다.

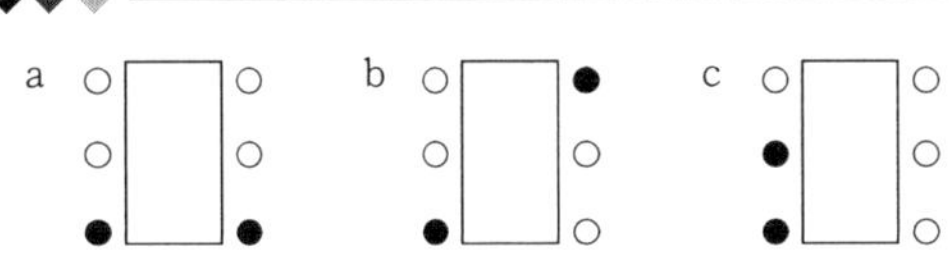

동물의 심리도 알고 싶다

심리학이 발달한 까닭은 인간의 불가사의한 내면세계를 규명하기 위해서이다.

그러나 인간이 아닌 고양이에 대한 심리학을 연구한 학자가 있다. 그 사람은 바로 수의사이며 심리학의 권위자인 마이켈 W. 폭스이다. 그의 연구결과에 의하면, 고양이에게는 놀라울 정도의 능력이 있다는 것이다.

예를 들면, 관찰능력이 바로 그것이다. 고양이는 사육인이 출입문의 초인종을 누르거나 전등끈을 잡아당겨 불을 켜거나 끄는 것을 관찰함으로써, 그것을 배운다는 것이다.

얼마 전 TV에서도 소개된 일이 있는데, 고양이가 사람이 사용하는 화장실 변기에서 용변을 본 후 레버를 작동시키는 것을 본 적이 있다. 아마도 이 고양이는 주인의 용변보는 모습을 유심히 지켜보다가 그같은 동작을 터득했을 것이었다.

더욱 놀라운 것은 고양이에게도 스트레스가 있는데, 그것이 누적되면 탈모증 현상을 나타낸다는 것이다.

뿐만 아니라 고양이에게도 '자아의식'이 있다고 한다. 그래서 고양이는 기억력을 소유하고, 때로는 과거를 되돌아 보며 자기 자신을 관찰한다는 것이다.

◆◆◆───────────────────────────────────

● 동물심리학(Animal Psychology) 사람이 아닌 동물을 연구대상으로 삼아 동물의 심리를 탐구하는 학문이다. 이에는 동물의 심리 자체를 대상으로 하는 것과, 사람을 알기 위한 목적으로 동물의 심리를 연구하는 것이 있다.

그리고 고양이에게도 세력권이 있어서 자신의 거처나 활동무대가 있다고 한다.

이런 것들을 종합해서 생각할 때, 고양이도 인간과 크게 다를 바가 없다는 것을 알 수 있다.

그러므로 인간이 동물을 지나치게 학대하는 것은 다시 한 번 생각해 보아야 할 문제이다.

유명인의 스캔들은 왜 우리의 호기심을 자극하는가?

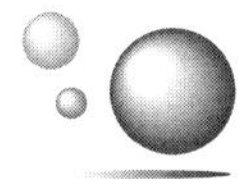

'여배우 김모 양의 불륜행각! 모 재벌 아들과의 정사장면 녹취'

'모 유명 탤런트의 사기극!'

이런 류의 기사가 잡지나 주간지에 실리면 참으로 많은 시선을 끌게 된다. 이처럼 유명인의 스캔들 기사는 의외로 많은 사람들의 호기심을 자극한다.

도대체 왜 그럴까? 흔해빠진 스캔들 기사에 식상해 있을 법한데도 말이다. 또한 자신과는 아무 상관도 없는 일 아닌가?

유독 유명인의 스캔들에 관심을 갖는 이유로는 한마디로 질투심리를 들 수 있다. 일반적으로 유명한 배우나 스타들은 많은 사람들에게 선망의 대상이 되고 있으며, 어느 면에서는 성공자라고도 할 수 있다.

이렇듯 부와 명성을 손에 넣은 사람들에 대해 우리들은 무의식중에 강렬한 질투심을 느끼게 된다.

그래서 성공자의 불륜이나 범죄 등의 스캔들은 성공자가 아닌 사람들의 눈에는 통쾌한 사건으로 비쳐진다. 이와 동시에 유명인이 궁지에 몰리는 것을 보고 어떤 쾌감마저 느끼는 것이다.

이처럼 매력적인 스캔들을 당연히 매스컴이 놓칠 리가 없다. 그런 까닭에 유명인의 스캔들은 어느 시대이건 많은 사람들의 관심을 끄는 것이다. 스캔들을 일으킨 유명인의 지명도가 높으면 높을수록 더 많은 화제를 불러 일으킨다.

유명인의 스캔들을 화제로 삼아 조소하거나 헐뜯으며 즐기는 사람이 비교적 많은데, 그런 행위 자체는 결코 품위있는 것이라고 할 수 없다. 그러나 그러한 행위로 인해 어떤 종류의 우월감이나 스트레스 해소에 도움이 되는 것은 틀림없는 사실이다.

그러므로 스캔들에 흥미를 갖는 것은 스트레스 해소에 도움이 된다는 관점에서 좀처럼 버리기 힘든 속성이라는 생각도 든다.

간절히 바라면 그대로 이루어진다

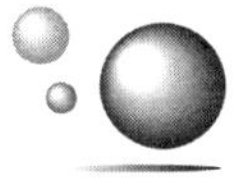

오드리 헵번 주연의 '마이 페어 레이디'라는 영화가 있다.

이 영화는 '히킨즈'라는 언어학자가 어느 런던의 번화가에서 꽃을 파는 처녀 일러이저를 반 년만에 훌륭한 귀부인으로 변신시켜 보이겠다는 맹세를 친구에게 하고, 결국 그렇게 만들어 그녀와 결혼을 한다는 내용이다.

이 영화 속에서 히킨즈 교수는 심리학을 응용하고 있다.

그는 일러이저를 귀부인으로 만들어 내기 위해 그녀를 처음부터 꽃 파는 처녀가 아니라 귀부인으로써 다루고 있다. 그리고 '너는 훌륭한 숙녀다!', '기품이 있는 여성이다'라는 말을 의도적으로 들려준다. 뿐만 아니라 화려한 드레스에다 눈부신 장신구를 갖추게 하여 그녀로 하여금 귀부인이 된 듯한 심정을 갖게 했다.

그랬더니 놀랍게도 그녀는 꽃 파는 처녀의 때를 벗고 차츰 기품이 넘쳐 흐르는 귀부인으로 변신하였다.

이처럼 사람들은 타인의 기대를 받게 되면 기대된 인간처럼 생각이 바뀌며, 행동도 기대하는 인간처럼 하게 된다. 이것을 '자기충족의 예언(Self Fulfilling Prophecy)'이라고 말한다. 히킨즈 교수는 이 인간심리를 교묘하게 활용한 것이다.

이와 같은 원리는 일상생활에서도 응용할 수 있다.

예를 들어, 현재 교제하는 연인을 자신의 이상에 맞는 사람으로 바꾸어 놓기 위해서 그런 사람이 되도록 기대를 갖는 것이다.

자녀에 대해서도 마찬가지이다. 가령 그림을 그리는 데 소질이 있는 아이일 경우, '너는 정말 그림을 잘 그리는 아이야', '어쩌면 일류 화가가 될지도 몰라' 하는 식으로 칭찬해 주면, 그 아이는 틀림없이 부모의 기대에 부응하려고 열심히 그림공부를 하게 될 것이다.

그러나 그 아이가 그럴 생각이 조금도 없는데도 부모가 억지로 기대감을 갖는다면, 자칫 그 아이에게 강박관념을 갖게 할 수도 있다.

앞에서 말한 '자기충족의 예언(자성예언)'을 일명 '피그말리온(Pygmalion) 효과'라고도 한다.

피그말리온은 그리스 신화에 나오는 키프로스 섬의 왕으로, 우연히 상아로 조각된 여인상에게 연정을 느끼기 시작했다. 그는 이 여인상을 대할 때마다 '당신은 참으로 예쁘고 아름답다'라는 찬사를 열렬히 보냈다. 이 광경을 지켜보던 여신 아프로디테는 그 조각의 여인에게 생명력을 불어 넣어 산 인간으로 변신시켜 피그말리온의 아내로 삼게 했다고 한다.

실제로 영화 '마이 페어 레이디'의 소재는 영국의 극작가 버나드 쇼가 쓴 '피그말리온'에서 따온 것이다.

가슴이 설레는 것은 연애의 신호

◆ 인지 · 생리가설

누구든 자신이 좋아하는 사람을 대하면 가슴이 두근거리며, 생리적으로 흥분을 하게 된다.

이같은 흥분은 우리가 스포츠를 구경할 때 느끼는 흥분과 동일한 것이다.

샤크터는 이러한 상태를 인지 · 생리가설이라고 이름 붙였다. 그의 주장에 의하면, 스포츠를 구경하고 난 후 이성을 대했을 경우 가슴이 두근거리면서 설레이는 것은, 눈앞의 이성이 좋아서가 아니라 스포츠로 인해 한껏 흥분되어 있기 때문이라는 것이다.

이러한 가설은 뎃튼과 아론의 유명한 조교(吊橋) 실험에서도 입증되고 있다.

이 실험이 행해진 곳은 캐나다의 어느 교외였다. 우선 깊은 계곡 공중에 가설되어 있는 다리 건너편에 한 여성을 세워 놓고 한 남성으로 하여금 그 다리를 건너게 했다.

한편 다른 한 남성은 튼튼하게 만들어진 평지의 다리 위를 건너게 했다. 이렇게 하여 다리를 건너온 남성에게 여성은 자신의 집 전화번화가 적힌 명함을 건네 주었다. 그런 후 후일 남성에게서 전화가 걸려 오는 것을 근거로 여성에 대한 관심도를 측정하려고 했던 것이다.

그 결과 공중에 걸려 있는 다리를 건너 온 남성의 약 절반 정도가 그 여성에게 전화를 걸었지만, 튼튼하게 만든 평지의 다리 위를 건너 온 남성은 불과 12%만이 전화를 걸었다.

이 실험을 통해서 알 수 있는 것은 가슴이 두근거리는 상태에서 확실히 이성에게 매력을 느낀다는 것이다. 우리가 그 무엇인가를 고백할 때는 이상하게도 가슴이 두근거리는 것을 의식하게 된다. 그런데 바로 이때가 의욕을 일으키는 계기가 된다는 것이다.

스포츠뿐만 아니라 공상과학 영화를 보는 등 사람들이 생리적으로 흥분상태에 이르는 요소는 얼마든지 존재한다. 이와 같은 흥분 상태에서는 비교적 연애감정이 무르익기 쉽다.

TV의 암시효과

가끔 어린 꼬마들이 TV의 애니메이션이나 코미디 프로에서 주고받는 저속한 말을 아무렇지도 않게 입에 올리는 것을 보고 깜짝 놀란 일은 없는가? 그러나 당신도 TV에서 흘러나오는 광고음악을 자신도 모르게 흥얼거린 적이 있었을 것이다.

어느 초등학교 교사는 '그림을 그리거나 입으로 되뇌면서 외우면 기억의 효과가 훨씬 크다'고 말했다. 이는 사물을 기억할 때 시각이

● **식역하지각(Subliminal Perception)**　시간과 강도에 있어서 보통의 경우라면 지각할 수 없는 자극이라도 무의식중에 그것을 받아 들이게 된다. 영화관에서의 콜라광고의 예는 바로 이 식역하지각의 효과를 노린 것이라고 할 수 있다.

나 청각에 호소하면 비교적 기억하기가 쉽고 오래 간다는 말이다.

이러한 관점에서 볼 때, 시각과 청각에 대한 호소력이 강한 TV는 시청자에게 강한 영향력을 제공한다는 것을 알 수 있다. 따라서 광고음악처럼 똑같은 화면이나 대사를 되풀이해서 보여주거나 들려주면 별로 신경을 쓰지 않더라도 쉽게 머리에 기억시킬 수가 있는 것이다.

어느 콜라회사가 다음과 같은 실험을 해보았다. 즉, 극장에서 상영하는 영화필름의 군데군데에 순간적으로 나타났다가 사라지는 광고를 교묘하게 편집해 놓았다. 편집내용은 '콜라를 마시자'라는 자막과 함께 사람들이 콜라를 시원하게 마시는 장면을 삽입시켜 놓은 것이다. 그러나 매우 짧은 순간이었기 때문에 관객들은 거의 그 영상을 눈치채지 못했다. 그럼에도 불구하고 영화상영이 끝난 다음 영화관 매점의 콜라는 동이 날 정도로 팔려 나갔다고 한다. 이것이 잠재의식광고 또는 서블리미널 애드(Subliminal Advertising : 인간의 잠재의식에 호소하려는 광고)이다.

이처럼 간접 또는 직접적인 방법에 의해 사람들의 관심을 무의식 상태에서 그 어떤 방향으로 몰고 가려는 것을 암시라고 한다. 이 실험에서도 입증된 것처럼 TV에 의한 암시효과는 놀라울 정도이다. 그러므로 사물에 대해 민감한 어린이들은 좀 색다르고 재미있는 프로그램일 경우 바로 기억해 버리는 것이다.

따라서 TV를 잘 이용하면 매우 효과적인 매체수단이 되지만, 방영되는 프로그램을 전혀 여과없이 받아들이게 하면 좋지 않은 것에 세뇌될 위험성이 크다.

고층에 살고 있는 사람일수록 정서가 불안정하다

◆ 환경과 심리 · 1

몇 해 전 국립정신위생연구소가 주부의 음주실태를 조사한 일이 있었다. 그랬더니 아파트의 고층에 살고 있는 사람일수록 술을 마시는 빈도가 높다는 놀라운 사실을 발견했다.

또한 고층에 살고 있는 사람일수록 두통, 불면, 신경과민 등의 심신장해가 많다는 것도 알게 되었다.

일반적으로 고층에 살면 정신적으로 매우 상쾌할 것이라고 생각하지만, 그러한 현상은 처음 일정기간 동안의 느낌에 불과하며, 시간이 흐르면 점점 주거감각이 변해간다는 것이다.

사람들은 가까운 곳에 있는 사물을 명확하게 확인하지 못할 때에는 가벼운 정신착란 증세를 일으킨다. 예를 들어, 창 밖 가까이에 나무가 있고, 전신주가 있고, 집들이 있다. 그러나 그것들을 선명하게 바라보지 못할 때에는 그 순간 불안감에 빠지게 된다.

이런 현상은 이론적으로 확실히 증명된 것은 아니며, 아직까지 가설 단계에 있을 뿐이다.

자연풍경과 질병의 관계

◆ 환경과 심리 · 2

전지요법(轉地療法)이라는 치료법이 있다. 이것은 큰 병을 앓고 난 후 해변이나 고원지대의 경치좋은 곳을 찾아가 요양하는 것을 말한다. 해변이나 고원지대는 공기도 맑고 물도 맑아 요양에도 좋을 뿐만 아니라 마음도 상쾌해진다.

어떤 실험 결과에 의하면, 사방이 벽으로 된 삭막한 병실에 입원한 환자는, 나무와 숲이 보이는 병실에 입원한 환자보다 치유속도가 훨씬 느렸다고 한다.

즉, 좋은 경치, 좋은 환경은 사람들에게 정신적인 안정감과 여유를 제공하여 자기치유능력을 높여 준다는 것이다.

건강한 사람도 바다나 산, 높은 전망대에 올라가면 상쾌함을 느끼게 된다. 그렇다면 병자에게는 더할 나위 없이 당연한 일이라고 하겠다.

창 밖의 아름다운 풍경은 우리들이 생각하는 것 이상으로 심층심리에 작용한다. 그래서 인간은 자연과 떼어놓을 수 없는 깊은 인과관계에 있는 것이다.

백설공주의 본심은?

◆ **부모로부터의 자립**

《백설공주》는 '거울아 거울아 이 세상에서 누가 제일 아름답지?' 라는 대사로 유명하다. 베텔하임은 이 그림동화를 심리학적으로 분석하였는데, 그는 프로이트 학파에 속하는 심리학자이다.

이 동화는 백설공주에 대한 왕비의 질투심이 큰 줄기를 이루고 있다. '왜 이처럼 자식을 사랑하지 못할까?' 하는 점에 대해 베텔하임은 주목하게 되었는데, 자식들은 '그러한 부모라면 차라리 없는 편이 낫다' 는 심리상태가 되어 결국 자립하는 것이라고 생각했다.

자식들은 점차 성장해 감에 따라 무의식중에 자립하려고 한다. 이와 같은 심리는 속박에 대한 저항이라고 할 수 있다. 그러나 부모가 없이는 살아갈 수가 없는 것이 피양육자의 현실이다. 그런 상태에서 부모의 존재를 부정하는 것은 큰 잘못이라고 할 수 있다.

그래서 부모들은 자신들이 없어지기를 오히려 더 바랄 것이라고 생각하는 아전인수격의 심리가 자식들의 마음 속에 작용한다는 것이다.

여러분 중에도 어린 시절 부모로부터 심하게 꾸중을 들었을 경우 '아마도 버려진 아이를 주어다 기른 탓일 거야' 라는 엉뚱한 생각을 해본 적이 있을 것이다.

이와 같은 생각이 '차라리 부모가 없는 것만 못하다' 는 심리를 갖게 한 것이 아닌지, 즉 부모의 존재를 과소평가하고 부모 곁을 떠나서 자립하려는 최초의 심리적인 태동인 것이다.

동화나 옛날 이야기 가운데에는 부모가 아이들을 버리거나 학대하는 이야기가 자주 등장한다. 부모가 자식을 버리는 '헨젤과 그레텔', 계모에게 학대를 받는 '신데렐라' 등의 이야기가 아이들로부터 인기를 끌고 있는 것은, 어쩌면 부모로부터 버림을 받아야 자유로운 몸이 된다는 허황된 동경심 때문이 아닌가 생각된다.

다시 '백설공주' 이야기로 되돌아 가보자. 왕비가 '세상에서 제일 아름다운 사람이 누구지?' 하고 거울에게 묻는 것도 베텔하임은 어린이의 심리반영설을 내세우고 있다.

그 전에는 왕비 자신의 모습만 비춰 주던 거울이 지금은 백설공주를 비추고 있다.

베텔하임의 주장에 의하면, 어릴 적에는 자신의 어머니가 세상에서 제일 아름답다고 생각했는데, 점점 성장해 감에 따라 자신이 어머니보다 훨씬 더 젊고 아름답다는 어린이의 심리를 나타내려고 한 듯하다는 것이다. 여성이라면 한번쯤은 경험했으리라고 생각되지만, 사춘기 시절에 '엄마는 센스가 없어! 내가 엄마 나이가 되면 절대로 엄마 같은 여성은 되고 싶지 않아' 하고 생각해 본 일은 없는가?

이와 같이 부모의 존재를 부정하고 자립하고 싶다는 백설공주의 욕구가 거울 속에 비쳐진 것이다. 백설공주도 마음 속으로 어머니를 떠나 자립하고 싶다는 생각이 싹트고 있었다고 할 수 있다.

그래서 자유로운 이상향을 찾아 나섰다가 발견한 것이 난쟁이들의 집이었다. 여기에서는 그 누구도 백설공주의 자립을 방해하지 못한다.

그리고 마침내 왕비가 죽자 백설공주는 부모의 속박에서 완전히 해방되었다.

일반적으로 어머니가 세상을 떠나면 슬퍼하는 것이 상식인데도, 백설공주 이야기에서는 어머니를 나쁜 사람으로 만들어 놓고 그녀에게 이반심을 갖게 함으로써 아이들은 왠지 모르게 해방감을 만끽하는 것이다. 그 어머니가 친모일 경우는 당연히 문제가 되겠지만, 이 이야기에서는 심술사나운 계모로 등장시켜 도덕적으로도 무리가 없도록 배려하고 있다.

이와 같은 관점에서 '백설공주'를 즐겨 읽는 어린이의 심리를 조금이나마 알 듯하다. 어쩐지 아이들은 부모에게 의존하고 싶어하는 심리보다 오히려 부모로부터 떨어져 나가고 싶다는 소망이 어릴 때부터 싹트고 있는 듯하다.

우뇌는 감성, 좌뇌는 지성

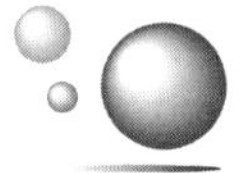

잠들어 있을 때에는 꿈을 꾸는 대신 현실세계는 전혀 의식하지 못한다. 그리고 의식이 없을 때에는 현실세계에 대한 정신적 작용도 일체 정지되고 만다.

의식은 뇌간의 깊은 곳에 존재하는 미세한 신경망의 집결체인 뇌간 망양체가 담당하고 있다. 이 망양체가 상처를 입고 기능이 정지되면 인간은 혼수상태에 빠진다. 그리고 뇌작용에 장해가 생기면 마음의 작용에도 영향을 미친다. 뇌의 구조에 대해서는 아직까지 모르는 부분이 많아 계속 연구가 진행되고 있다. 지금까지 대체로 판명되고 있는 것이 우뇌와 좌뇌의 구조이다.

우뇌는 소리 등의 감각적인 부분을 관장하며, 좌뇌는 언어 등의 지적인 부분을 관장한다. 그리고 우뇌는 신체의 좌반 부분을 지배하며, 좌뇌는 신체의 우반 부분을 지배한다. 예를 들어, 눈의 경우 오른쪽 눈으로 본 정보는 좌뇌에 보내지고, 왼쪽 눈으로 본 정보는 우뇌에 보내지는 것이다. 그리고 양쪽 눈으로 본 정보는 뇌량이라는 장소에서 서로 연락을 주고받아 통합됨으로써 사물을 인식하거나 이해하게 되는 것이다.

그런데 이 뇌량이 절단되면 어떤 현상이 일어날까?

예전에는 간질병 발작치료에 이 뇌량의 절단이 행해졌다. 뇌량절단

● **뇌의 작용은 마음의 작용**　현재 마음과 뇌는 밀접한 관계가 있는 것으로 추측되고 있다. 이 때문에 심리학에서는 뇌와 신경계의 작용까지 중시하고 있다.

수술을 받은 환자에게 레비라는 학자가 다음과 같은 실험을 실시했다.

우선 오른쪽 절반이 남자, 왼쪽 절반이 여자로 된 합성사진, 즉 키메라(Chimera : 그리스신화의 괴물) 도형을 순간적으로 환자에게 보여준 다음 누구의 사진인가를 물어 보았다. 언어로 답변해 줄 것을 요구했더니 오른쪽에 찍혀 있는 남자의 이름을 말하였다.

이번에는 두 사람이 각기 정면에서 찍은 사진을 두 장 그 환자 앞에 내놓고 눈에 보이는 쪽을 손가락으로 지적해 달라고 했더니, 왼쪽의 여자 사진을 가리키는 것이었다.

이와 같은 행동은 환자의 오른쪽 눈이 사진의 오른쪽 남자를 보고 난 후 그 정보를 좌뇌에게 전달한 것이다. 그리고 좌뇌는 언어를 관장하기 때문에 말로 답변해 달라고 했더니 오른쪽 남자의 이름을 말한 것이다.

그러나 환자의 왼쪽 눈은 사진의 왼쪽 여자를 감지하고 그 정보를 우뇌에 전달하고 있다. 우뇌는 감각적인 것을 관장하는 곳으로서, 시공간의 파악능력도 이곳에서 행해진다. 즉, 사진의 대조 등도 이 우뇌가 행하는 것이다. 그래서 손가락으로는 여자의 얼굴사진을 가리킨 것이다.

그런데 이상한 것은 이 환자가 괴상한 키메라 사진이 자신에게 제시된 것을 전혀 모르고 있을 뿐만 아니라, 정면으로 찍힌 정상적인 사진을 보고 있다고 생각하는 것이다.

어쨌든 인간은 우뇌와 좌뇌를 통합시켜 사물을 인식하며 그것을 생각한다. 만일 이와 같은 통합기능이 이루어지지 못한다면 사물의 파악도 그릇되게 이루어질 것이며, 사고도 하나로 집약되지 못할 것이다.
　우뇌로 느낀 소리를 좌뇌로 악보화 하거나 문장으로 만들어 낸다.
그리고 섬세한 정서를 표현하는 것도 우뇌와 좌뇌의 연결을 도모하는
뇌량의 작용으로 가능하다.

당신도 히틀러에게 복종할 수 있다

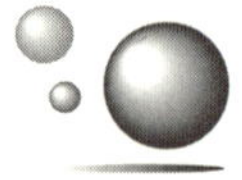

인간의 양심은 타인의 부당한 명령에 항거할 만큼 강할까?

심리학자 밀그램은 잔혹한 명령을 받았을 때, 사람은 자신의 양심에 따르는 것인지, 아니면 그 잔혹한 명령에 복종하는 것인지를 조사해 보았다.

우선 신문지상에 '심리학 실험을 위해 임시로 사람을 고용한다'는 광고를 냈더니 몇 사람의 응모자가 찾아왔다. 실험실에는 신문광고를 보고 찾아온 남성 A와 미리 내정해 두었던 바람잡이 B, 그리고 실험을 주관하는 C 등 세 사람이 한 자리에 모였다.

이때 실험을 주관하는 C는 A에게 "체벌이 학습에 어떤 영향을 주는가를 조사하기 위해 지금부터 실험을 실시하겠습니다"라고 말했다.

그리고 C는 A와 B에 대해 한 사람은 선생님 역을 맞고 나머지 한 사람은 학생역을 맡아야겠는데, 공정을 기하기 위해 제비를 뽑겠다고 말했다. 그러나 이 제비에는 속임수가 있어서, A는 각본대로 선생님 역을 맡게 되고, B는 학생 역을 맡게 되었다.

드디어 실험에 들어가기로 하고, C는 선생 A에 대해 B에게 출제하는 요령을 가르쳐 주었다. 그런 후 B를 전기의자에 앉혀 놓고 한쪽 손목에 전기가 통하도록 전극을 연결시켜 놓았다.

● **히틀러는 프로이트를 좋아했다**　히틀러는 프로이트의 정신분석학을 좋아하여 그의 학설에 심취했다고 한다. 그러나 아이러니컬하게도 프로이트는 유태인으로서 나치의 박해를 받았다.

C는 냉정하게 말했다.

"전기충격이 다소 강할지는 몰라도 피부조직을 손상시킬 정도는 아닙니다. 그러나 전압이 위험수준을 넘어서면 안됩니다."

그러면서 A에 대해 학생 B가 틀린 답을 낼 때마다 서서히 전압을 올려 충격을 주도록 지시했다.

전력은 15볼트에서 450볼트까지 매 15볼트 단위로 상승하도록 되어 있었으며, 전력 표지판에는 '약한 충격', '보통 충격', '강한 충격', '위험한 충격' 등으로 구분되어 있다.

실험이 시작되기 직전에 A에게 샘플 쇼크가 가해지고, 이런 정도의 충격이 B에게도 가해진다는 것을 확인시켰다. 그러나 실제로 계기판에는 전류가 흐르지 않도록 조작해 두었으며, B도 이 사실을 사전에 알고 있었다.

드디어 실험이 시작되었다. B는 일부러 계속 틀린 답을 내놓았다. A는 그때마다 전압을 올렸다. 처음에는 조심스럽게 전압을 올려 나갔지만 회를 거듭할수록 화가 난듯 계속 전압을 올렸다.

B는 전압이 올라갈 때마다 몸을 비틀면서 비명을 질렀다. 그러나 이와 같은 B의 과장된 행동은 어디까지나 C와의 사전약속에 의한 거짓된 동작이었다.

결국 A는 전압이 어느 수준에 이르자 더 이상 올리기를 꺼려했다. 그럴 때면 C는 냉정하게 계속 하기를 재촉하였다. 그 후 몇 차례 전압을 올려 나가던 A는 식은 땀을 흘리면서 완강하게 실험을 거부하였다. 이렇게 되자 C는 A를 다른 사람과 교체시켜 실험을 강행했다.

C는 모든 실험을 끝내고 피실험자가 최고 얼마만큼의 전압을 올렸는가를 조사해 보았다. 이것은 결국 인간의 잔인성을 조사하는 실험이었다. 그랬더니 약 반수의 사람이 최대 전압인 450볼트까지 충격을 가했다는 결과가 나왔다.

밀그램은 왜 이러한 실험을 했을까?

그것은 나치 독일에 의한 유태인의 학살은 단순히 히틀러의 광기만으로 저질러진 것이 아니라, 학살에 관여한 사람들의 잔인성에 의해 이루어진 것이라는 것을 증명하고자 했던 것이다.

그리고 이 실험 결과는 사람이 양심을 짓밟고 특정인의 명령에 얼마나 쉽게 복종하는가를 보여주는 좋은 예라고 할 수 있다.

그 배경에는 최종적인 책임은 명령을 내린 사람에게 있으며, 그것을 실행에 옮기는 자신은 단지 시키는대로 따라했을 뿐이라는 무책임한 생각이 자리잡고 있었던 것이다.

그것이 부정한 짓이라는 걸 알면서도 상사가 명령하거나 지시하면 조금도 양심에 거리낌 없이 그 부정을 행하는 것이 우리의 마음이 아닐까?

인간의 양심이 약하다는 것을 인지한 이상 우리에게는 진실한 용기가 필요하다는 것을 알 수 있다.

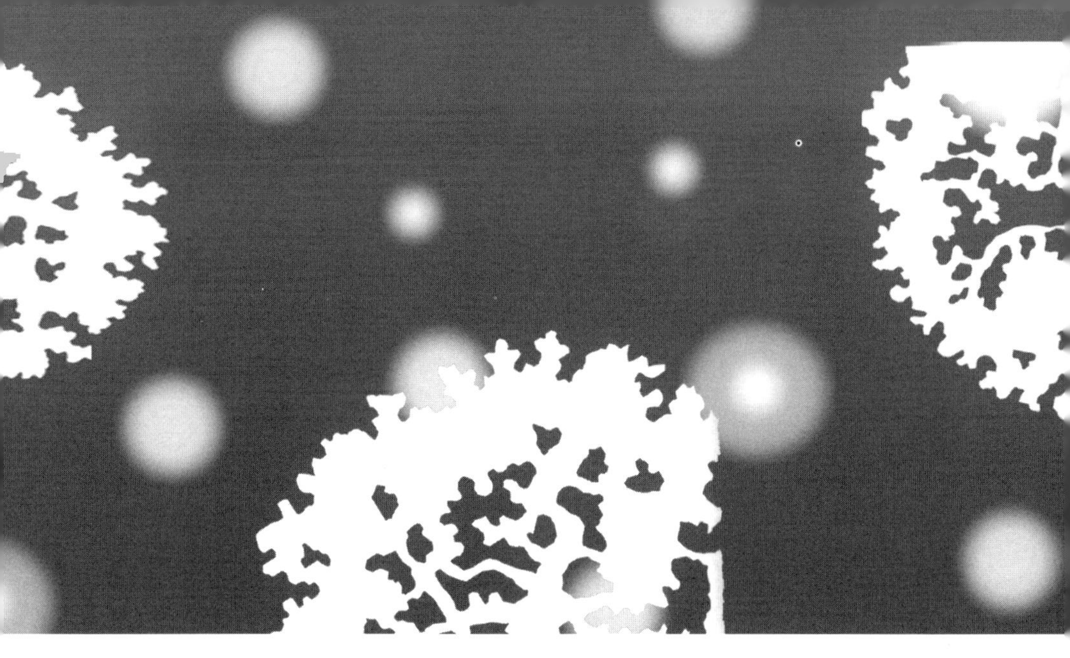

잡지나 TV에 흔히 '심리 퀴즈'가 등장합니다.
이것은 확실히 재미가 있으며, 학문적인 면에서도
그다지 틀리지 않는다고 할 수 있습니다.
그런데 본래의 심리 테스트는 무척 복잡하며,
간단히 해답이 나오지 않는 것이 보통입니다.

9

심리 테스트의
이것저것

마음을 과학적으로 증명하려면?

　요즘은 수술 한 번으로 남자가 여자로 변하기도 하는 시대가 되었다. 생물과학 역시 크게 발전했다. 생명과학 분야에서는 복제동물까지도 만들어 내는 실정이므로, 머지 않아 또 하나의 당신을 만들어 직장에 출근하기 싫은 날은 복제인간을 대신 출근시키는 꿈같은 시대가 도래할지도 모른다.

　현대인은 과학기술에 크게 의존하려고 하여 무엇이든 과학의 힘으로 해결하려는 경향이 있으며, 또한 그것이 가능하다고 생각한다. 컴퓨터를 개발해 낸 것처럼, 인간의 심리도 과학으로 규명하려는 생각을 현대 과학자들은 가지고 있다.

　옛날부터 우리 조상들은 수수께끼같은 사람의 마음을 밝혀 내려고 무척이나 애를 써 왔다. 심지어 주술이나 점술같은 신비력에 의존해 보기도 했다. 그러나 사람의 마음을 밝혀 내기란 매우 힘든 일이다.

　그래서 생겨난 것이 심리 테스트이다.

　심리 테스트는 인간의 마음을 과학적으로 분석하는 수단인 동시에, 수수께끼같은 사람의 마음을 해명하려는 20세기 과학기술의 도전이다.

지능 테스트도 심리 테스트

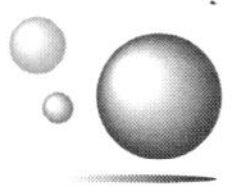

평소 우리들은 '우리 집 아이는 머리가 무척 좋은 편이에요', '저 아이는 정말 바보 같아요' 등 지능과 관계되는 류의 이야기를 많이 한다. 이처럼 주관적인 평가로 머리가 좋다, 나쁘다를 가늠하는 것은 옳지 않다. 그러나 지금처럼 과학이 발달하지 못했던 옛날에는 남의 말을 듣거나 주관적인 생각으로 머리의 좋고 나쁨을 평가한 것이 사실이다.

이처럼 비과학적인 평가가 아니라 심리과학에 의해 객관적이며 합리성이 가미된 판단기준과 방법을 찾아낼 수 없을까 하는 바람에서 20세기 초에 최초로 지능 테스트가 만들어졌다.

'IQ 200의 천재소년'

이같은 신문기사가 세간의 화제를 모은 적도 가끔 있다. 여러분들도 어릴 때 IQ, 즉 지능지수를 검사받은 일이 있을 것이다. 그것이 바로 지능 테스트의 하나이다. 비록 어린 시절에 지능지수가 높았다고 해서 어른이 되고 난 후까지 자랑할 것은 못된다. 또한 많은 사람들이 아직까지 잘못 생각하는 경우가 있는데, 지능 테스트란 결코 머리의 좋고 나쁨을 테스트하는 것이 아니다.

지능 테스트란 같은 연령의 아이들이 평균치에 비해 어느 정도 발달하고 있는가를 알아보고자 하는 것이다.

● **지능(Intelligence)** 추상에 대한 사고력, 태어날 때부터 지니고 있는 소질, 학습능력, 환경에 대한 적응력, 정보처리능력 등 다양한 지능관이 있다.

예를 들어 만 5세(생후 60개월)의 어린이가 있다고 하자.

이 아이가 지능 테스트를 받았더니 정신연령 3세(36개월)라는 결과가 나왔다. 그렇다면 이 아이의 아이큐는 36÷60×100이 되어 60이 된다.

아이큐는 100이 평균인데, 대체로 2/3 정도의 사람이 85~115 사이이며, 99퍼센트 이상이 55~145 사이에 존재한다. 특히 130을 넘어서면 초천재아, 69 이하일 경우는 정신지체아라는 판정을 받게 된다.

지능 테스트에 대해서는 여러 가지 의문점이 제기되고 있는데, 이는 심리학에서 빼놓을 수 없는 것들이다.

예를 들어, 등교를 거부하는 중학생이 있다면 그 이유를 단순히 학교에 가기 싫어하기 때문이라고 생각해 버리기 쉽지만, 거기에는 여러 가지 문제가 복잡하게 얽혀 있으며, 그러한 문제를 찾아내는 데 심리 테스트가 사용되기도 한다.

그 중 기능 면을 크게 다룬 것이 지능 테스트라고 할 수 있다.

■ 지능지수의 계산방법

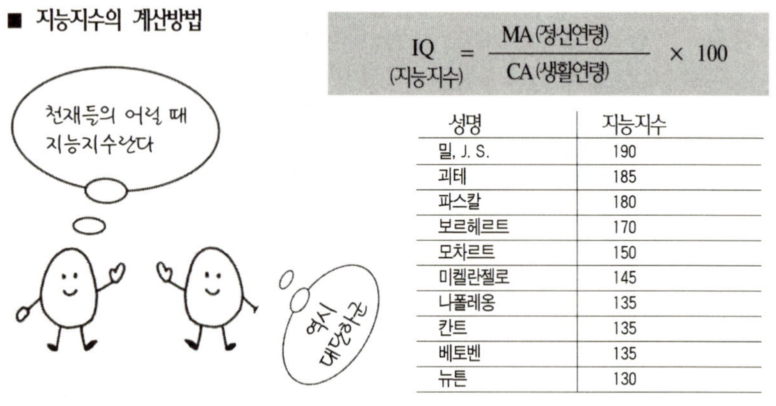

$$IQ \text{(지능지수)} = \frac{MA \text{(정신연령)}}{CA \text{(생활연령)}} \times 100$$

성명	지능지수
밀, J. S.	190
괴테	185
파스칼	180
보르헤르트	170
모차르트	150
미켈란젤로	145
나폴레옹	135
칸트	135
베토벤	135
뉴튼	130

'이 그림이 무엇으로 보이는가?'

◆ 로르샤흐 검사

잉크로 얼룩진 것같은 그림을 보여주며 '이것이 무엇처럼 보이느냐?'고 물어보는 테스트가 로르샤흐(Rorschach) 검사이다. 이것은 심리 테스트 가운데 매우 인기가 높기 때문에 누구라도 한 번쯤은 본 일이 있을 것이다.

오감을 통해 주위의 분위기나 자신의 기분을 인지하는 것, 이것을 심리학에서는 지각이라고 부르며, 그 지각에 의해 행동이 선택되는 것이다.

이 지각에는 애매 모호한 것을 제멋대로 해석하려는 버릇이 있다. 얼룩이 져 있는 방 벽지가 사랑에 실패한 여인의 얼굴처럼 느껴지는 것도 다 이 때문이다.

애매 모호한 도형이 어떤 형태나 모습으로 비쳐지는 것은 현재의 그 사람의 심리상태가 그대로 반영된 것이라고 할 수 있다.

1921년 스위스의 정신과 의사 로르샤흐(Rorschach, Hermann)는 잉크의 얼룩이 무엇으로 보여지며, 거기에 어떤 의미가 부여되는가를 조사해 보면, 그 사람의 심리상태를 알 수 있을지도 모른다는 생각에서 이 테스트를 생각해 냈다. 사람의 내면이나 심층심리, 특히 자신도 모르는 무의식까지 탐색하려는 것이 로르샤흐의 생각이었다.

◆◆◆

● **죽은 다음에 유명해진 검사법** 거의 모든 심리학 책에 등장하는 로르샤흐 검사법은 그가 죽은 뒤 더욱 유명해졌다.

이 로르샤흐 검사법은 여러 형태의 잉크 얼룩무늬 종이를 약 10매 정도 피검사자에게 보여주고, 그 하나 하나가 무엇으로 보이느냐고 질문한 다음, 그 까닭을 물어 보는 것이다. 그 분석방법 또한 매우 다양하다.

이 테스트를 해 보면 거의 대부분의 사람이 한 장의 잉크 무늬에 대해 똑같은 대답을 하는데, 그것은 동물이나 사람처럼 보인다는 것이다. 이렇게 대답한 사람은 상식적이며, 건강하다고 말할 수 있다.

도형이 무엇으로 보이느냐는 그 사람의 지식이나 하는 일, 관심에 따라 영향을 받는다. 예를 들어, 사람을 싫어하는 사람은 그 도형이 사람으로 보여지는 것을 싫어하는 경향이 있으며, 성격이 과격한 사람은 빨간 잉크의 얼룩이 불꽃이나 폭발하는 모습으로 보여지기도 한다. 또한 반사회적인 성격의 소유자는 얼룩진 모양을 보고 성행위를 하는 모습이라고 말하는 경우도 있다.

도형의 어느 곳을 주시해 보느냐도 중요한 요소이다. 예를 들어, 전체의 모양을 볼 때 그것을 박쥐로 보기도 하며, 작은 부분을 사자로 보기도 하고, 큰 부분을 투구벌레로 보기도 한다. 또한 한가운데의 흰 부분을 양초나 십자가로 보기도 한다. 중요한 것은 이 도형을 관찰하는 사람이 평소 자신의 환경을 어떤 식으로 보느냐 하는 것이다. 매사를 요령있게 잘 처리하는 사람은 전체적인 면에서 큰 부분으로, 또 큰 부분에서 작은 부분으로 관찰의 범위를 좁혀 나간다. 이와 달리 작은 부분에서 점차 확대시켜 나가기도 한다.

'나비가 날고 있다', '프로 레슬러가 서로 겨루고 있다'는 등 움직이는 물체로 보는 경우는 운동반응이라는 면에서 주목된다.

이것들을 동물의 움직임으로 보는 경우는 기본적인 활력을 반영시키고 있다는 것이다. 그러나 연령이나 성별의 기준치보다 빈도가 많을 경우는 충동적이고 억제력이 결여되어 있다고도 말할 수 있다.

도형이 인간의 움직임처럼 보이는 것은 대인적인 욕구의 분출이다. 예를 들어, 장난을 치며 노는 여자아이처럼 보일 경우는 유아성 성격의 소유자이며, 낮잠을 자는 노인처럼 보이는 경우는 후퇴성 성격의 소유자이고, 언쟁을 하는 여인처럼 보이는 경우는 항쟁성이 있는 성격의 소유자라고 할 수 있다.

도형이 화산 폭발이나 비행기 등 무생물의 움직임처럼 보일 경우는 자신의 마음 속에 스트레스나 콤플렉스가 쌓여 있다는 증거이다.

색상에 집착하는 경우는 대인관계가 좋지만, 비교적 흥분하기 쉽고 초조한 성격의 소유자라고 할 수 있다.

이 밖에도 많은 분석방법이 있지만, 이 로르샤흐 검사는 수많은 심리 테스트(투사법) 중에서도 매우 중요한 검사방법이다.

'이 그림을 보고 이야기를 만들어 보세요'

◆ **주제통각검사**

주제통각검사(TAT)라는 것이 있다. 이것도 로르샤흐 검사와 똑같은 투사법 테스트로 불려지고 있는데, 애매 모호한 자극에 대해 어떤 반응을 나타내느냐에 따라 그 사람의 심층심리를 탐색하려는 검사법이다.

이것은 수준이 높은 테스트 방법인데, 이에 대한 전문가도 적고 지명도도 낮지만, 세계적으로는 로르샤흐 검사법보다 더 앞서가고 있는 실정이다. 특히 대인관계에서의 심리탐색은 매우 효과적이라고 한다.

이 테스트에서는 맥락이 없고 때로는 성별도 불분명하게 보여지는 사람의 그림이 자극이 되어 좋은 반응을 보이게 된다.

실시방법은 우선 비교적 일상생활과 관계가 있는 그림을 보여준 다음 이렇게 말한다.

"이것은 지능의 한 형태인 상상력 테스트입니다.

당신은 지금부터 그림을 한 장씩 보게 되는데, 각 장의 그림을 소재로 가급적이면 극적인 이야기를 만들어야 합니다.

앞서 어떤 일이 있었기에 이 그림처럼 되어졌으며, 현재는 어떤 일이 일어나고 있는가? 그리고 여기에 있는 사람들은 어떤 심정으로 무엇을 생각하고 있는가를 이야기로 엮되, 그 뒤의 결과까지도 추측

◆◆◇ ────────────────────────

● **주제통각검사(TAT : Thematic Apperception Test)** 모건(Morgan C. D.)과 머레이(Murray H. A.)가 1936년에 발표한 투사법 테스트이다. 인간의 퍼스낼리티 탐색이 목적이다. 머레이는 사람의 퍼스낼리티는 그 사람의 시간적, 역사적 계열이라고 생각했다.

하여 이야기에 넣어 주시면 좋겠습니다.

　10장의 그림에 소요되는 전체 시간은 50분입니다. 그러니까 그림 한 장에 5분씩 사용하면 됩니다. 첫 번째 그림은 바로 이것입니다.”

　이런 식으로 진행하면 된다. 일단 이러한 테스트가 끝나면 하루 이상을 쉬었다가, 이번에는 매우 비현실적이기는 하지만 10장 중 한 장은 백지로 준비하여 다음과 같이 말한다.

　“오늘도 지난번에 한 것과 똑같은 방식인데, 한 장의 백지에는 당신의 상상에 의해 자유롭게 이야기를 꾸며 주시면 됩니다.

　지난 번 10장의 그림에 대해서는 매우 이야기를 잘 만들어 주셨습니다. 그러나 너무 일상생활에 치우친 듯했습니다.

　이번에는 일상적인 현실에 구애받지 말고 당신의 상상에 맡긴다면 과연 어떤 이야기가 전개될까요? 그것을 기대해 봅니다. 동화나 옛날 이야기 따위가 좋습니다. 자 그럼 이것이 첫 번째 그림입니다.”

　이렇게 해서 만들어진 스토리를 분석해 간다.

　이야기의 주인공은 얼마만큼 욕구가 강한가, 어떠한 제약을 받고 있는가, 주인공의 심리나 행동 패턴은 어떠한가, 현실적인가, 공상적인가, 결말은 어떠했는가 등을 검토한다.

　또 지시한 것과의 일치성, 이야기의 구성이나 스타일, 언어의 사용법, 형식적인 부분까지도 체크한다.

　이 테스트는 판타지(공상과 환상) 분석에 매우 뛰어난 방법이며, 범죄학이나 문화인류학, 경영행동과학 등의 분야에서도 폭넓게 사용되고 있다.

'열매 맺는 나무를 그려 보세요'

◆ 바움 테스트

"여러분께서는 지금부터 A4 규격의 흰 종이와 연필(2B~4B 정도), 그리고 지우개를 준비한 다음 종이에 '열매를 맺는 나무'를 그려 주시기 바랍니다. 열매 맺는 나무를 그리지 못할 때에는 아무 나무라도 상관없으니 어쨌든 그려 주십시오."

이렇게 하여 아무런 생각없이 그린 나무는 당신의 성격을 그대로 나타낸다. 이것을 분석하는 수단으로써 투사법 테스트의 하나인 바움 테스트를 사용한다. 이 방법은 심리요법 분야에서 흔히 사용된다. 이것은 잡지의 심리 테스트 난에도 자주 등장하기 때문에 꽤 널리 알려져 있다.

이 테스트는 테스트를 받는 사람이 그린 한 그루의 나무만이 데이터가 된다. 분석하는 사람은 이 나무의 특징을 관찰해 보고 어떤 모습을 하고 있는가, 어떠한 구도로 그려져 있는가, 종이의 공간을 어떤 식으로 사용하고 있는가의 3가지 척도로 분석하는 것이다.

여기에서 몇 가지 분석의 예를 소개하기로 한다. 종이 가득히 큰 나무를 그려 놓은 사람은 자신감이 넘쳐흐르는 형이라고 할 수 있다. 반대로 한쪽 귀퉁이에 작게 그려 놓은 사람은 열등감이 강한 형이다. 한편 난폭하고, 충동적이며, 사실적으로 나무를 그려 놓은 사람은 이

◆◆◆

● 바움 테스트(Baum Test) 1949년 코흐(Koch, E)가 발표한 투사법 테스트의 하나. 뛰어난 면도 있지만 과학적인 실증성이 없다는 것이 문제이다.

성이 강한 형이다. 그리고 가냘픈 나무에 가지를 섬세하게 그려 넣은 사람은 매사에 섬세한 형이며, 굵직한 선으로 좌우 대칭의 나무를 그린 사람은 성격이 까다롭고 융통성이 없는 형이라고 할 수 있다.

다음은 열매에 관해서인데, 열매의 숫자는 그 사람의 욕구를 나타낸다. 따라서 열매가 잔뜩 열린 나무를 그린 사람은 욕심이 많은 편이며, 열매가 땅에 떨어져 있는 그림을 그린 사람은 감수성이 강하고 순진한 편이나 자칫 비극을 연출하기 쉬운 형이라고 할 수 있다.

당신은 어떤 나무를 그렸는가? 실제로 심리요법에 사용될 경우에는 더욱 세밀하게 분석되지만, 여기에서는 '대체적으로 이런 것이다'라는 개념을 이해시키기 위해 간략하게 설명하였다.

바움 테스트는 아직 과학적으로 검증되지는 못하고 있지만, 심리요법이나 심리 카운슬링을 행하기 전과 후의 그림은 매우 달라진다고 한다.

'사람을 한 명 그려 보세요'

◆ 인물묘사 테스트

그려 놓은 그림을 보고 그 사람의 성격이나 심리를 분석하려고 할 때 사람의 얼굴을 그리게 하는 일이 있다. 앞서의 바움 테스트의 경우처럼, 여기서도 당신이 직접 그림을 그려보면 더욱 재미가 있을 것이다.

우선 종이와 연필, 지우개를 준비한 다음 사람을 한 명 그린다. 머리에서 발끝까지 완벽하게 그린다.

다음에는 지금 그린 사람과 다른 성의 모습을 그린다.

남성을 그렸으면 다음은 여성을, 여성을 그렸으면 남성을 그리는 것이다.

그림이 완성되면 이번에는 당신이 그린 사람을 소설이나 극중의 인물로 삼아 이야기를 만들어 본다. 그런 후 다음과 같은 질문에 대답한다.

'이 사람은 남성인가 여성인가?'

'나이는 몇 살인가?'

'누구를 그렸는가?'

'어떠한 사람(친구, 아는 사람, 그 밖의 사람)인가?'

'그림을 그릴 때 누구를 연상하였는가?'

'이 사람이 입고 있는 옷은 어떤 옷인가?'

'이 사람은 무엇을 하는 사람인가?'

'이 사람은 무엇을 생각하고 있는가?'

'이 사람은 무엇을 느끼고 있는가?'

'이 사람에게서 생각나는 것이 있다면?'

'이 사람은 건강한가? 그 까닭은?'

'이 사람은 행복한가? 그 까닭은?'

'이 사람이 지금 바라고 있는 것은 무엇인가?'

자! 지금부터 분석방법을 간단히 설명하겠다. 우선 어떤 그림을 그렸는지 살펴본다.

이 경우 신체부분과 의복 및 몸에 지니고 있는 것 중 상징적인 것에 대한 분석을 한다.

예를 들면, '눈은 입만큼이나 말을 한다'는 속담이 있듯이 그림에서도 역시 눈이 분석의 중심이 된다. 눈은 자신의 감정이나 상처를 표출하기 쉬운 포인트이다.

대체적으로 공격적인 사람은 날카로운 눈을 그리며, 음탕한 사람은 눈웃음치는 그림을, 망상의 버릇이 있는 사람은 검은 눈을 그리는 경향이 있다. 눈을 생략하고 그리지 않는 사람은 감정이 미숙하고 자기중심적일 가능성이 있다.

이밖에 주제, 동작, 운동, 묘사순서, 대칭성, 중앙선, 인물상의 배치, 스탠스, 원근법, 묘사선의 강약, 음영, 남성과 여성 등에 대해서도 분석한다.

예를 들면, 주제를 놓고 볼 때 슈퍼맨을 그린 아이들은 자기 자신을 슈퍼맨으로 착각하고 있는 것이다.

또 자신보다 훨씬 젊은 사람을 그리는 경우는 젊은 나이로 되돌아가고 싶은 바람 때문이다. 반대로 나이가 지긋한 사람을 그릴 경우는 자신을 연장자의 위치에 올려 존경을 받고 싶다는 뜻이다.

또 성적으로 미숙한 남성은 여인상을 투박하게 그린다.

그림의 순서는 처음에는 자신과 같은 동성을 그리는 것이 보통이며, 이성부터 먼저 그리는 사람은 성도착의 경향이 있다고 한다.

'제 어머니는 이러 이러한 사람입니다'

◆ 문장완성법

'저의 어머니는 …….'

'내가 어렸을 때…….'

이와 같은 서두를 바탕으로 문장을 구성해 나가는 테스트 방법을 문장완성법이라고 한다.

만일 당신이 서두의 낱말에 연결시켜 문장을 만든다면 어떤 형태의 문장을 만들까?

'저의 어머니는 늘 잔소리를 하며 화를 냅니다.'

이렇게 전개한다고 하자. 이 문장을 그대로 해석하면 당신은 항상 잔소리가 심한 어머니에게 불만을 품고 있다는 이야기가 된다.

한편 '저의 어머니는 아름답고 마음씨도 착합니다'라고 전개한다면, 당신은 어머니를 매우 좋아하며, 그것을 자랑으로 여기고 있는 것이 된다.

그러나 어머니의 행동이 못마땅하지만 정반대의 입장을 취하는 경우도 있다. 이 밖에도 엉뚱한 표현으로 자신의 속성을 나타내는 사람도 있다.

예를 들어, '저의 어머니는 아버지의 마누라입니다'라는 식의 표현이다. 이런 식으로 말하는 사람은 다분히 장난끼가 많고 농담도 잘 하는 사람이다.

이 문장완성 테스트는 심층심리를 탐지해 내는 투사법의 하나이지만, 로르샤흐 테스트에 비하면 해석이 매우 단순하다.

그러나 질문에 답할 때 테스트를 받는 사람의 의사가 첨가되기 쉽기 때문에 그것까지 포함시켜 해석하지 않으면 안된다는 까다로운 점이 있어서, 오히려 다른 것에 비해 해석이 매우 복잡하다고 할 수 있다.

'희다'라는 말에서 무엇을
연상할 수 있습니까?'

◆ 연상어 검사

언젠가 TV에서 연상 게임이라는 프로그램을 본 적이 있다. 바로 그것을 머리 속에 그려보면 된다. 예를 들어, '희다'라는 말에 대해 당신은 어떤 것을 머리 속에 떠올리는가?

눈, 흰 구름, 흰 말, 가운, 백설공주, 흰 강아지 등 셀 수 없을 정도로 많을 것이다. 그런데 하나의 낱말에 대해 사람이나 생각, 기분에 따라 여러 가지를 연상할 것이다.

이처럼 어떤 말에 대해 무엇을 연상하느냐에 따라 그 사람의 심층 심리를 알아내려는 것이 연상어 검사이다. 이것도 투사법 테스트 중의 하나이다.

이 테스트의 해석은 연상한 말 자체의 의미에서도 분석되지만, 연상하는 방법에서도 분석할 수 있다.

예를 들어, 어떤 말에 대해 그 뜻을 가지고 연상하기도 하지만, 그 밖에 여러 가지 연상 패턴이 있다.

'다리' 하면, 건너다니는 다리가 아니라 걸어다니는 신체적인 다리를 연상하거나, '사과' 하면 애인의 입술이나 사랑하는 남성의 넥타이 색으로 연상하기도 한다. '산'과 '강', '바다'와 '육지'라는 짝은 말의 습관에서 연상하는 패턴이다.

이 밖에도 '장미'라고 말하면, '아아 그러고 보니, 그녀는 장미꽃을 매우 좋아했어'라고 연상하거나, '사과'라는 말을 듣고 '그녀가 몰고 다니는 차는 사과처럼 붉은 차였어' 하고 개인적인 것을 연상하는 경우도 있다. 이렇듯 개인적인 면에서 연상하는 경우는 특히 신중한 분석이 필요하다.

또 어떤 말에 대한 반응이 보통의 경우보다 늦거나 입 속에서 우물거리는 경우도 주의 깊게 해석해야 한다.

혐오하는 일이나 기억하기 싫은 일은 좀처럼 연상되지 않는다.

심리 테스트를 어디까지 믿어야 하나?

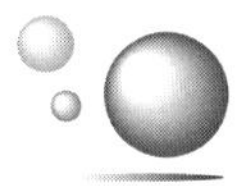

동료들과 함께 잡지에 실려 있는 심리 테스트를 해본다고 하자.

'이 그림이 무엇처럼 보이지?' 하고 질문받았을 때 성적인 것을 머리에 떠올렸다 해도 그 자리에 좋아하는 여성이 함께 있으면 절대로 그러한 자신의 견해를 말하지 않을 것이다. 왜냐하면 그러한 자신의 행동이 그녀에게 자칫 나쁜 이미지를 줄 것을 두려워하기 때문이다. 그리하여 마음에도 없는 좋은 말을 하게 되는 것이다.

혼자 아무도 없는 곳에서 심리 테스트를 한다 해도 자신이 납득할 수 없는 결과가 나오면, '이렇게 될 리가 없어' 하면서 다시 해보기도 한다.

선택의 범위가 한정되어 있을 경우는 어느 것이건 선택하지 않으면 앞으로 나아갈 수 없기 때문에 적당히 선택하는 일도 흔히 있다.

따라서 심리 테스트의 결과는 점점 왜곡되어 간다.

대체적인 경향은 알 수 있을지 모르지만 잡지에 실려 있는 심리 퀴즈로는 진정한 심리를 파악할 수 없다. 따라서 다른 사람의 심리일 경우는 예상과 빗나가는 일이 매우 많다.

심리 테스트는 이 계통의 전문가라 하더라도 완벽에 가까운 정도의 정확성을 기대하기는 곤란하다.

그 테스트가 그 사람에게 정말 적당한가 하는 문제를 비롯하여 테스트를 받는 사람이 진정 순수한 반응을 보여 줄 것인가 하는 것도 문제이다.

성격검사에서는 어떤 질문이건 '예' 하고 대답하는 순종형도 있으

며, 무슨 질문이건 '모른다', '어느 쪽이건 상관없다'라고 대답하는 우유부단형도 있다.

또는 잘 보이고 싶다는 생각에서 의도적으로 생각하여 답변하는 사람도 있다.

심층심리를 알아내는 투사법 테스트에 있어서도 데이터의 통계적, 과학적 실증은 아직 발전단계에 있기 때문에 테스트를 행하는 사람의 해석 여하에 좌우되는 경우가 가끔 있다.

심리 테스트가 인간이해의 중요한 수단이 되고 있는 것은 분명한 사실이지만, 아직도 계속 발전하는 과정에 있기 때문에 진정한 직업적 전문가는 없다고 할 수 있다.

심리 테스트의 빛과 그림자

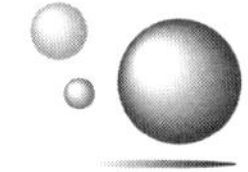

이처럼 여러 종류의 심리 테스트가 있지만, 눈에 보이지 않는 인간의 마음을 연구한다는 것은 여간 어려운 일이 아니다. 따라서 완벽한 테스트란 아직까지 없는 실정이다.

그래서 심리학자들도 '심리측정학적으로 뛰어난 테스트는 거의 없다'고 자인할 정도이며, 앞으로 심리 테스트가 과학적이 되기까지는 아직도 많은 시간이 필요하다.

그 이유로서는 심리 이전에, 퍼스낼리티에 대한 견해가 각 설에 따라 제각기 다르기 때문이다. 그 대표적인 것으로서 프로이트의 설을 살펴보기로 하자.

프로이트와 융의 이름은 거의 모르는 사람이 없을 정도로 유명하다. 이들은 정신분석학에서 무의식이나 심층심리를 특히 중시한다.

예를 들면, 프로이트는 인격은 이드(id : 의식의 하층에 있는 인간의 본능적 충동), 자아 및 초자아로 되어 있다고 규정하고, 마음의 붕괴로부터 자신을 지키는 구조(방어기제) 및 에디퍼스 콤플렉스, 거세 콤플렉스, 성적 충동, 공격충동 등을 중시한다.

또 그는 유유아기(乳幼兒期)의 발달이 성격을 결정한다고 생각했으며, 발달단계에서 상처를 받은 시기에 의하여 구순애(口脣愛) 성격(불안에 사로잡히면 수동적, 인색, 과욕, 폭음, 과식, 약물 등에 의존하기 쉬움), 항문애 성격(인색, 청결, 성실, 질서, 꼼꼼한 성격), 자기애 성격(성에 관한 구애됨이 강함)의 3가지 성격으로 분류하였다.

그러나 이것들에 대한 실증은 어려우며, 임상적으로 이해되고 있을 뿐이다.

똑같은 정신분석학이라 해도 융은 융 나름대로의 색다른 주장을 갖고 있다.

이처럼 무의식이나 심층심리를 중시하는 정신분석을 객관적으로 행하는 것은 매우 어려운 일이지만, 투사법 테스트의 해석에서는 흔히 사용되고 있다.

'그녀는 고집이 세다' 던지 '이 아이는 굼뜨다' 는 등의 성격이나 인격의 특징에 대해 분석하는 것을 성격 특성론이라고 한다.

주로 질문지법에 의해 성격 테스트를 하지만, 이것도 분석방법에 따라 몇 가지 패턴이 있을 뿐 통일된 것은 아직 없다.

퍼스낼리티란 사람들이 배운 여러 가지 행동의 집합이라고 말하는 사회학습 이론에서는, 마음의 문제는 내면적인 것이므로 과학적인 연구대상이 되지 못한다는 입장을 취하고 있다. 또 사람의 행동은 상황에 따라 좌우되기 때문에 성격특성은 그다지 중요하지 않다고 말하는 상황주의는 심리 테스트가 무용하다고 말한다. 또한 사회적 귀속론에서는 성격특성 그 자체를 부정하고, 성격이란 사람들이 어떻게 보느냐가 중요하다고 말한다.

이처럼 심리학 그 자체에는 여러 가지 학설이 있으며, 그 어느 것도 완전하지 않다.

심리학은 마치 만능처럼 생각되지만, 실제로는 불완전한 상태에서 심리 테스트 분석에 사용되고 있는 것이 일반적이다.

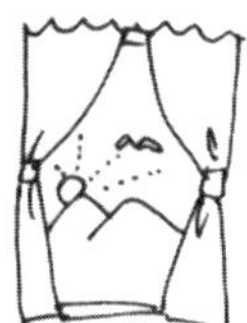

스트레스가 많은 현대 사회에서는
많은 사람들이 마음의 평온을 바라고 있습니다.
그러한 사람들을 위해서 심리학의 응용은
거의 모든 분야에서 도움을 주고 있습니다.

10

심리학은 우리의 삶에서
어떤 도움을 주는가?

마음의 병을 고쳐주는 심리학

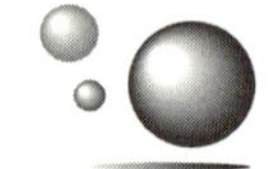

◆ 카운슬링과 히링

현대 사회에서 피로나 인간관계의 갈등에서 오는 스트레스는 참으로 심각하다. 그와 같은 스트레스를 적절히 발산시키지 못함으로써 정신적 질환에 시달리는 사람이 최근 부쩍 늘어나고 있다.

이처럼 병든 마음의 병을 치유하기 위한 심리학으로서 최근 주목되고 있는 것이 카운슬링이나 히링이다.

카운슬링(Counseling)은 고객(상담자)의 고민을 듣거나 적절한 조언을 해주는 방법이다.

● **교육심리학** 사람이 스스로 배우려고 하는 자기교육력과 현실적으로 사람의 성장을 돕는 학교 교육에 대한 연구가 계속 행해지고 있다.

히링(Healing)은 주로 육체에 기분좋은 자극을 주어 정신을 안정시키는 방법과 마음 깊은 곳에 억압되어 있는 감정을 발산시키는 두 가지 방법이 있다.

전자의 예로서 유명한 것은 최근 화제가 되고 있는 '아로마테라피'(Aromatherapy : 허브 등의 향기를 맡음으로써 기분을 상쾌하게 바꾸는 요법)이다. 흔히 욕탕에 유자향의 입욕제를 넣는데, 이것도 아로마테라피의 일종이다.

후자의 감정을 발산시키는 방법의 하나로서 아트 테라피(Art Therapy)가 있다. 글자 그대로 예술을 통해 마음의 병을 고치는 방법이다. 환자에게 그림을 그리게 한다던지 노래를 부르게 하여 억압된 감정을 밖으로 내보내려는 시도이다. 이런 것을 생각하면 직장인들이 노래방에 들어가 마음껏 노래를 부르는 것은 심리학적으로 볼 때 옳은 행위인지도 모른다.

이밖에 자폐증 어린이를 동물이나 식물에게 가까이 하여 병을 고치는 방법도 있다. 최근에는 돌고래와 함께 수영을 하는 돌고래 수영이 유명하다.

어떤 것이든 감정은 계속 억압하면 결국 정신에 결함을 가져온다. 희로애락의 감정은 그때그때 표출시키는 것이 심신을 위해서도 좋다.

● **청년심리학**　사춘기나 반항기 등 사람이 성인이 되기까지의 과정, 특히 청년기에는 복잡한 심적 경험을 한다. 이같은 청년의 심리를 연구하는 것이다.

구체적인 진단이나 치료를 한다

◆ 임상심리학

임상심리학이란 심리학자의 의학적 훈련을 위해 또는 의사의 심리학적 훈련의 필요에 의해 태어난 심리학의 기초적 이론을 연구하는 학문이다. 임상심리학은 주로 심리진단과 심리요법의 두 가지로 되어 있다.

· **심리진단**…심리 테스트나 면접에 의해 고객이 안고 있는 여러 가지 문제점을 찾아낸다.

· **심리요법**…구체적으로 환자를 돕기 위해 기법이나 처치를 가하는 방법이다.

전자의 심리 테스트의 예로서는 잉크의 얼룩과 같은 그림을 보여주고 어떻게 보이는가를 질문하는 '로르샤흐 검사'가 유명하다.

후자는 정신분석, 내담자 중심요법, 게슈탈트 요법, 내관법, 최면요법 등이 있다. 또한 비슷한 용어로서 심리임상이라는 말이 있다. 이것은 실제로 이들 심리학적 지식이나 기술을 사용하여 여러 가지 문제를 해결한다는 것이다. 좀 혼동하기 쉬운데, 학문 쪽을 '임상심리학', 그 학문을 실제로 실천하는 쪽을 '심리임상'이라고 이해하면 좋을 것이다.

그렇다고는 하나 심리임상은 인간의 마음의 문제를 다루는 것이기

● **복지심리학** 사회에서 곤경에 처해 있는 사람, 고민하고 있는 사람들을 정신적으로 돕기 위해 과학적으로 무엇을 할 수 있는가를 생각한다.

때문에 학문처럼 잘 되리라고는 장담할 수 없다. 심리임상에 관여하는 사람들은 법률가처럼 많은 실례를 연구하여 다양한 경우가 있다는 것을 알고 배워 두지 않으면 안된다. 옛 법률이 점차 개정되듯이 임상심리학도 적절한 이론 및 기술의 수정이 필요하다.

어렵지만 보람도 있다

◆ 임상심리사

심리학을 전공한 학생이 첫번째로 목표를 삼는 것이 임상심리사의 자격취득이다. 그러나 임상심리사의 길은 매우 힘들고 어렵다. 어쨌든 뜻이 이루어져 임상심리사가 되면 어디에서 일하게 될까?

우선 병원을 꼽을 수 있다. 정신병원에서는 정신병 환자의 일그러진 마음을 치료해 주거나, 정신병 발병의 원인을 찾아내는 연구를 한다. 또 일반 병원에서는 의료 사회사업가로서 환자의 정신적 부담을 줄이기 위해 노력하거나, 의사와 환자를 연결하는 역할을 하는 것이 주된 임무이다.

다음으로는 국가나 자치단체에서 운영하는 연구소나 상담소에서 일하는 경우가 있다. 예를 들면, 국립교육연구소나 아동상담소 등의 직원으로 근무하는 것이다. 그런 곳에 근무하는 사람은 국가공무원이나

● **음악심리학(Psychology of Music)**　왜 화음은 아름답게 들리는가, 가성은 어떻게 발성되는가, 어린이들은 얼마나 음악을 알고 있는가, 사람의 마음에 영향을 주는 음악 등에 대해 연구한다.

지방공무원이기 때문에 공무원 시험에 합격해야 한다.

이와 같은 곳에서는 장애아동을 돌보거나 교육상담을 한다. 한편 연구나 조사도 하며, 교육자와 부모를 대상으로 한 지도관계 세미나도 실시한다.

그리고 최근 계속 증가하고 있는 일반 기업체의 상담실에도 근무한다. 각종 스트레스와 노이로제, 과로 등으로 적지 않은 문제가 제기되고 있는 기업 현장에서 임상심리사의 역할은 매우 중요하다. 종업원을 기업의 톱니바퀴로 간주했던 시대는 이미 지나갔으며, 종업원 한 사람 한 사람의 개성을 중시하고 건강한 정신을 함양시키는 것만이 생산성을 높일 수 있는 방법이다. 실제로 생산성이 높은 기업체일수록 종업원들의 상담실 이용이 높으며, 미리 예약하지 않으면 상담을 받을 수 없는 곳도 있다.

그러나 임상심리사의 업무는 친구들을 대하는 식의 안일한 상담자세로는 안된다. 상담을 요구해 오는 사람의 심적 고통을 충분히 이해하고, 그 사람과 공감대를 형성하여 함께 문제를 해결하려는 자세가 필요하다. 아무리 풍부한 지식도 이런 전문적 자세가 갖추어져 있지 않은 상태에서는 전혀 무의미한 것이라고 할 수 있다.

아이들의 심리문제를 탐색해 본다

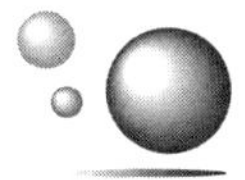

◆ 아동상담소의 심리판정원

아이들의 심리문제는 우리들의 관심을 모으고 있는 '학교 내 폭력'에서 알 수 있듯이 매우 어려운 문제이다.

이와 같은 문제아가 갖고 있는 각종 문제를 심리학적인 관점에서 파고드는 것이 아동상담소에서 심리판정원이 하는 역할이다.

심리판정원은 우선 아이들의 입장에 서서 아이들의 심정을 파악하는 데 전력을 다한다. 왜냐하면 보호자나 학교 관계자가 생각하는 '문제'와 실제로 아이들이 안고 있는 '문제'가 서로 일치하지 않는 경우가 많기 때문이다.

예를 들어, 가정 내 폭력을 빈번하게 일으키는 아이들을 가족 편에서 보면 그 아이들은 가해자가 된다.

그러나 그 가정 내 폭력의 원인이 과거에 되풀이된 부모의 지나친 체벌에 있다면 아이를 가해자로 보기보다는 오히려 피해자로 보는 것이 타당하다.

이처럼 아이들은 얼른 봐서는 가해자처럼 보이지만 실은 피해자인 경우가 많다. 어쨌든 아이들의 문제는 대단히 중요하다고 할 수 있다.

심리판정원은 케이스 워커(Case Worker)와의 공동작업에 의해 부모에 대한 지도와 병행하여 아이들의 고통을 어떤 식으로 공유하

● **경영심리학** 직장에서의 인간관계, 바람직한 조직의 형태, 일하는 사람의 마음과 행동에 대해 연구한다.

며, 그들이 안고 있는 고뇌를 어떻게 공유할 것인가를 탐색해야 한다.
 즉, 아이들의 마음을 탐색하면서 오랜 시간에 걸쳐 문제를 해결해 가는 것이다.

사람은 왜 죄를 저지르는가?

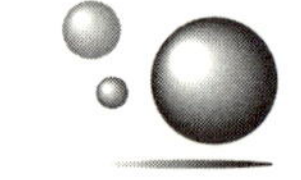

◆ 범죄심리학 · 1

 서스펜스 영화나 미스터리 소설 가운데에서 살인이 저질러졌을 경우, 거기에는 반드시 '동기'가 존재한다.
 살인동기에는 사람을 죽이는 것이 재미있어서라는 잔인하고 변태적인 경우도 있으며, 피해자에 대한 원한에서 비롯된 경우도 있다. 심지어는 짜증스럽고 울화가 터질 것 같아 사람을 때려 숨지게 한 사례도 있다.
 범죄와 범죄자의 성격, 그리고 사회조건과의 관계를 규명하는 심리학을 범죄심리학이라고 한다. 범죄심리학의 역할은 범죄의 근절이나 범죄자의 인격개선, 사회복귀에 공헌하는 일이다.
 인간이 범죄를 저지르는 요인으로는 대체로 다음과 같은 이유를 들 수 있다.

· 유전적 요인

범죄자나 변태적인 혈통(성격)을 지닌 가계에서 발생한다.

· 기후나 풍토 등의 자연조건

참을 수 없는 더위 때문에 신경이 과민하여 사소한 일로 범죄를 저지른다.

· 전쟁이나 재해라는 사회조건

심한 굶주림 때문에 남의 집 물건을 훔치거나 살인을 한다.

· 사회구조 및 문화형태

여성을 마치 물건처럼 다루는 사회환경에서 범죄가 발생한다.

· 사회환경

문제가 많은 가정에서 태어나거나 범죄가 많은 사회에서 자라난 인간이 범죄를 저지르기 쉽다.

· 성격적 요인

다혈질적인 성격, 융통성이 없는 성격, 주위환경에 쉽게 물드는 성격, 욕심이 많은 성격의 소유자가 범죄를 저지르기 쉽다.

유전적인 요인의 예로서는 중세시대에 헝가리에 살았던 엘리자베스 버트리라는 부인의 경우를 들 수 있다.

약 600명에 이르는 젊은 여성을 죽인 그녀는 고귀한 혈통을 보존하기 위해 오랜 세월 근친결혼을 계속한 가계의 피를 받아 태어났다. 그런 탓으로 그녀는 정신이상을 일으켜 잔인한 살인을 저질렀는데, 이 여인말고도 친척 중에는 정신이상자가 많았다고 한다.

또 사회환경의 요인을 들어보면, 현대 미국에서 유아학대, 총기에

● **광고심리학** 광고효과가 나타나기 위한 기본적인 메커니즘, 전달방법의 차이가 효과면에 주는 영향 등 사회 속에서의 커뮤니케이션의 하나로서 광고를 연구한다.

의한 살인, 마약중독, 성 범죄 등이 많이 발생하고 있는 것은 사회가 병들었기 때문이라고 할 수 있다.

어쨌든 우리 인간들은 주위의 조건 여하에 따라 언제라도 범죄자가 될 가능성이 있다는 것을 명심할 필요가 있다.

병든 시대에는 필연적으로 범죄가 발생한다

◆ 범죄심리학 · 2

아카데미상을 수상한 바 있는 영화 '양들의 침묵'은 여성의 살가죽을 벗겨내는 이상범죄를 소재로 한 서스펜스물이다. 경찰에서는 범인의 동기를 알아내지 못해 수사는 답보상태에 이른다.

이것은 영화세계에서 일어난 일이지만, 우리들을 에워싸고 있는 사회에서도 실제로 각종 잔악한 범죄가 끊임없이 일어나고 있다.

거기에다 이 영화에서 보듯이 범죄동기를 포착하기 어려운 사건들이 많이 발생하고 있다. 범인이 어째서 그러한 범죄를 저질렀는지에 대한 동기는 매우 복잡하여 좀처럼 밝혀내기가 힘이 든다.

자신과 전혀 관계가 없는 사람을 범죄에 끌어들이는 현상이 많아진 것도 다 그런 경향의 하나라고 할 수 있다.

이와 같은 일은 도덕성이 결여되었다는 문제뿐만 아니라 사람들의 심리적 장애가 영향을 주고 있는 것으로 보인다.

현대 사회에서는 각종 스트레스나 욕구의 억압과 속박이 많아졌다. 그것이 자신도 모르는 사이에 마음 속에 쌓이고 쌓였다가 무엇인가를 계기로 한꺼번에 폭발하는 것이다. 그것이 범죄행위를 촉발시키는 경우도 있다.

지금까지는 범죄자라고 하면 사회에 적응하지 못하는 유형의 사람이라고 생각해 왔다.

그러나 현대에는 직장에서 유능하다고 인정받던 사람이 항공기를 납치하거나, 마음씨가 착하고 부드럽다는 소문이 나 있던 사람이 살인을 하거나, 사람의 목숨을 구해 주는 의사가 마약범죄를 저지르기도 한다.

이처럼 겉보기에는 행복하고 평화롭게 보이는 사람도 실상은 여러 가지 고뇌에 싸여 마음이 서서히 병들어 가는 것이 현대인이다.

그렇다면 현대인은 누구든 범죄자가 될 수 있는 요소를 지니고 있다고 말할 수 있는 것이다.

10 심리학은 우리의 삶에서 어떤 도움을 주는가?

이처럼 범죄발생의 원인이 되는 심리적 요인이나 마음을 연구하는 것이 범죄심리학의 분야이다.

범죄심리학의 실질적인 활동은 범죄를 저지른 사람을 직접 만나 심리검사를 하거나 성장과정을 조사하는 한편, 심층심리를 탐색해 가면서 어떤 사람이 어떤 범죄를 일으키는가를 연구한다.

그리고 조금이라도 범죄를 감소시킬 수 있는 실마리를 발견하여 범죄예방에 도움을 주며, 범죄자가 또다시 범죄를 저지르지 않도록 도움을 주는 것이 범죄심리학의 연구목적이다.

정신감정에서 재범 방지까지

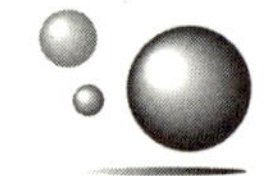

◆ 재판심리학

응용심리학의 한 분야에 재판심리학이라는 것이 있다. 이것은 지각이나 기억의 이론에서 법정의 증언에 대한 신뢰성을 측정하기 위해 사용되고 있다.

또 어떤 사건의 피고인에게 정신적인 문제가 있다고 의심되는 경우는, 재판관의 의뢰 하에 감정인에 의하여 책임능력의 유무를 판별하는 정신감정이 행해진다.

그러나 실제로는 정신장해자가 범죄에 관여하는 경우는 전체 범죄

의 1%에도 미치지 못하며, 반드시 정신장해 때문에 범죄가 생겼다고
는 말할 수 없다.

인간관계의 바람직한 방법을 탐색하는 학문인 심리학은 피고인이
재차 똑같은 과오를 저지르지 않도록 노력하고 있다.

어떤 행위의 결과로 나타난 범죄에는 당연히 그 원인이 되는 무엇
인가가 존재한다. 심리학에서는 '이유없는 범행'이란 있을 수 없다.
인간을 과거로부터 미래에 연계시키는 다면적인 역사에서 본다면, 어
떤 행위 하나 하나에 이르기까지 그 원인은 인간의 모든 측면에서 나
온 것이다.

우리들은 보통 가족이나 친구들에 대해 모든 것을 잘 알고 있는 듯
이 생각하지만, 그것은 어느 면에 한정된 것이다. 그것도 자신에 대
해 이러이러한 행동을 취한다거나, 어떤 이해관계를 가지고 있다던지
하는 극히 단편적인 것에 불과하다.

10

심리학은 우리의 삶에서 어떤 도움을 주는가?

그러나 한 사람의 인간을 심리학적으로 보는 경우는 그 사람을 여러 면에서 종합적으로 파악하는 것으로서, 그 사람을 에워싸고 있는 환경과 그 사람의 생활 전체를 알아야 한다.

예를 들어, 비행청소년 문제를 다루는 데 있어서 도덕적으로 비난을 받고 있는 면만을 대상으로 하는 것은 잘못된 것이다. 당사자를 전체적으로 이해하는 가운데 좋은 면도 알게 되는 것이다.

중요한 것은 비행의 원인만을 발견하는 것이 아니라, 건강한 인간으로 성장해 나가기 위한 가능성을 찾아내는 것이다.

이처럼 심리학의 인간 전체에 대한 이해는 재범 방지에도 도움이 된다.

올림픽도 하나의 전쟁이다

◆ 스포츠 심리학

그 비극적인 사건의 실마리는 1994년 월드컵 축구대회에서 콜럼비아와 미국이 시합을 할 때 일어났다.

경기 도중 콜럼비아 선수가 실수를 하여 자살골을 넣고 말았다. 이렇듯 치명적인 실수를 범한 이 선수는 귀국 후 격분한 축구 팬에 의해 사살되는 비극이 일어났다.

원래 월드컵 축구대회는 세계 각국의 선수들이 한 곳에 모여 스포츠를 통해 우의를 다지며 협력하는 우호적인 축제이다.

본래 이같은 국제적인 스포츠는 참가하는 데 의의가 있으며, 이기고 지는 것은 다음 문제라는 스포츠 정신이 퇴색하여 오늘날 한낱 구호에 지나지 않게 되었으며, 반드시 이겨야 한다는 것이 모든 국민의 일반적인 생각이 되었다.

따라서 국제대회, 세계대회에 참가하는 선수들은 그 나라를 대표하는 선수들이기 때문에 국민의 기대에 부응해야 한다는 사명감과 꼭 이겨야 한다는 책임감이 두 어깨에 걸려 있는 것이다.

도대체 왜 이처럼 치열한 메달경쟁을 벌여야 하는 것일까?

이는 스포츠가 국가이익과 절대적인 관계에 있기 때문이다. 물론 개최국이 세계대회를 기화로 국가발전에 기여한다거나, 선수나 관객들을 유치함으로써 경제적인 이익을 도모한다는 이점도 있다.

그러나 비단 이것만이 아니다. 무엇보다도 자국의 선수를 국민들이 한 덩어리가 되어 응원함으로써 국민 전체의 결속력을 강화하며, 나아가서는 애국심이 함양된다는 것도 세계대회의 큰 장점인 것이다.

특히 국가의 이익을 확대하려는 공산주의 국가에서는 큰 수확이 아닐 수 없다. 그러므로 중국이나 러시아같은 나라들은 스포츠에 역점을 두어 우수한 선수나 팀 육성에 힘을 쓰고 있다.

또 스포츠를 국가적으로 지원하며 응원함으로써 국민들의 불만이나 스트레스를 외국에 돌리는 효과도 있다. 지난날 독재정권이었던 루마니아가 올림픽의 체조종목 등에서 강세를 보인 까닭도 바로 이같은 영향 때문이라고 할 수 있다.

스포츠의 세계대회가 선수나 국민에게 미치는 영향력은 참으로 엄청나다. 스포츠 심리학이나 군중심리학, 집단행동 등에서 이에 대한 연구가 진행, 발표되고 있다.

특히 스포츠 심리학에서는 선수들이 어떻게 해야 효율적으로 기술을 향상시킬 수 있는가에 대한 훈련방법이나 교수법, 시합 전의 불안이나 긴장감을 해소시켜 주는 정신치료(Mental Care)에 이르기까지 많은 연구가 진행되고 있다.

앞서의 콜럼비아 사건처럼 관전하는 측의 심리연구는 군중심리학이나 집단행동학 분야에서 행해지고 있다. 열광적인 스포츠 팬의 심리나 스포츠 관전이 가져오는 심리적 효과 등 흥미로운 연구도 많이 있다.

쓰레기가 버려진 곳은 양심까지 버려져 있다

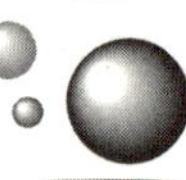

◆ 환경심리학

거리를 걸어가다 보면 길바닥에 빈 깡통이나 담배꽁초, 다 보고 난 신문, 잡지 등이 마구 버려져 있는 것을 발견하게 된다. 청소부 아저씨가 아무리 땀흘려 청소를 해 놓아도 어느새 이러한 상황은 되풀이되고 있다.

조사결과에 의하면, 특히 쓰레기가 집중적으로 버려지는 곳은 두 길이 교차되는 곳의 모퉁이라고 한다. 또한 전신주가 서 있는 곳, 인적이 드문 후미진 곳에 쓰레기가 압도적으로 많이 버려진다. 그런 곳은 쓰레기더미를 철거하기가 바쁘게 새로운 쓰레기가 생겨난다고 한다. 이 '모퉁이 땅', '전신주', '인적이 드문 곳'에는 사람들이 쓰레기를 버려도 죄의식을 느끼지 않는 심리적 사각지대(Dead Zone)라고 할 수 있는 것이다. '이미 그곳에 쓰레기가 버려져 있어서', '남들이 버렸으니까 나도' 하는 식이 되어 쓰레기는 삽시간에 산을 이룬다.

그러므로 쓰레기가 없는 깨끗한 거리를 만들려면 인적이 드문 전신주가 서 있는 모퉁이 길가에 쓰레기통을 설치하는 것이 효과적이라는 결론이 나온다.

이처럼 사람의 심리와 환경과의 상호작용을 연구하는 것이 환경심리학이다. 그것은 도시계획이나 생활환경의 정비, 도시계획이나 건축

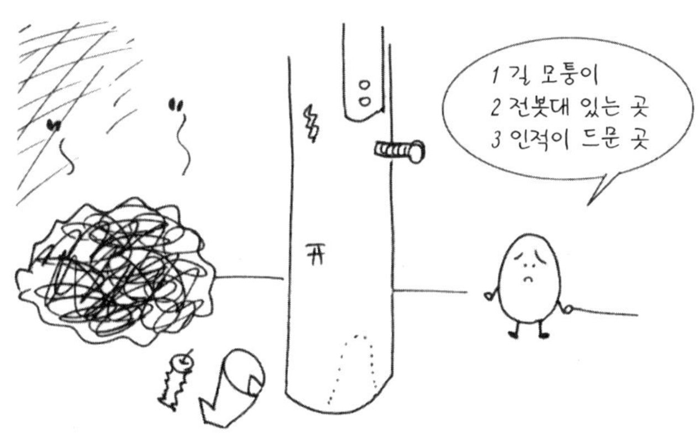

물 개발 등에 도움을 준다.

똑같은 환경이라도 심리상태가 다르면 받아들이는 방법도 다르다. 예를 들어, 옆집에서 들려오는 피아노 소리는 그 아이의 어머니에게는 아름다운 소리로 들릴지 몰라도, 옆집 수험생에게는 소음이 아닐 수 없다.

우리들은 가끔 여행을 하거나, 방 안의 구조를 바꾼다. 이것도 환경심리학을 무의식적으로 응용하여 기분전환을 꾀하는 것이다.

이와 같은 것들을 연구대상으로 하면서 우리들이 쾌적하게 지낼 수 있는 환경 만들기 제안을 계속 실시하는 것이야말로 환경심리학이 앞으로 해 나가야 할 큰 과제이다. 인구과밀에 의한 주택사정의 악화나 자연환경의 오염 등 각종 환경문제를 안고 있는 현대에 있어서, 환경심리학의 응용 또는 공헌의 정도는 앞으로 더욱더 증가할 것이다.

인간은 재난에 부딪치면 어떻게 될까?

◆ 재해심리학

1995년 1월, 일본 효고현 남부에 대지진이 발생했을 때 문제가 된 것은 일본정부의 구조체제 지연이었다.

구조에 관한 정확한 정보가 입수되지 못했을 뿐만 아니라, 피난민

들은 유언비어나 뜬소문에 현혹되어 어디로 어떻게 피난을 가야 할지 판단조차 하지 못하는 실정이었다.

이처럼 재해가 발생하면 사람들은 동요하며, 정확한 판단력을 상실하게 된다. 따라서 2차 재해를 자초하는 위험성마저 있다.

이를 미연에 방지하기 위해서 인간이 재해에 직면했을 때 어떻게 해야 안전하게 행동할 수가 있는가를 연구하는 것이 재해심리학이다.

이 재해심리학 연구는 사회에 재해가 발생했을 때 바로 도움을 주며, 공헌도가 높다는 점에서 매우 주목받고 있는 분야이다.

또 최근에는 재해를 당한 사람의 정신적인 측면에 대한 배려와 보호가 중요한 과제로 다루어지고 있다. 재해 후에는 복구가 이루어지기 마련이다. 그러나 재해를 당한 사람들의 마음은 쉽사리 치유되지 않는다. 효고현에서 발생한 지진의 경우도 예외가 아닐 것이다.

이처럼 재해가 가져오는 인간의 심리적 영향이나 이재민들의 마음의 상처를 치유하려면 어떻게 해야 할 것인지가 재해심리학에서 각별히 역점을 두는 연구주제이다.

일본의 경우 재해예방에 대한 연구는 선진국이라는 평을 듣고 있지만, 재해를 입은 사람의 정신적인 스트레스와 노이로제를 치유하는 연구는 아직 요원하다고 할 수 있다. 서구 여러 나라 중 몇몇 나라에서는 재해가 발생하면 즉시 재해심리학자를 중심으로 한 지원팀이 현지에 파견되어, 재해를 당한 사람들의 불안을 해소시켜 주는 카운슬링 활동을 하는 시스템이 정비되어 있다. 그러므로 재해심리학자는 책상 위에서의 연구뿐만 아니라 현장에 직접 출동하여 피해자의 생생한 목소리를 들으려는 자세가 필요하다.

재해심리학자들은 대부분 이러한 연구를 보람있는 일이라고 생각하며, 더 많은 동료학자들이 이 분야에 들어서기를 바라고 있다.

마음을 살펴 교통사고를 방지한다

◆ 교통심리학

현재 우리 나라의 교통상황은 매우 열악하다. 여전히 교통사고 건수는 줄어들지 않고, 많은 사람들이 교통사고로 귀중한 목숨을 잃거나 심신의 장해로 고통받고 있다.

그렇다면 교통사고 발생에 영향을 미치는 요인은 무엇일까?

심리학적인 측면에서 말하면, 우선 성격이 관계된다고 할 수 있다.

그렇다면 교통사고를 일으키기 쉬운 사람은 어떤 성격을 가지고 있을까?

오랫동안 운전을 하였는데도 한 번도 사고를 내지 않은 사람이 있는가 하면, 일 년에도 몇 번씩 사고를 내는 사람이 있다. 평소 온순한 사람이 핸들을 잡으면 갑자기 난폭한 성격으로 바뀌는 경우도 있으며, 다혈질인 사람이 의외로 안전운전을 하는 경우가 있다.

교통사고를 일으킬 만한 사람과 그렇지 않은 사람은 판단력이나 주의력, 위험을 감지하는 센스에 있어서 무엇인가 차이가 있을 것이다.

이런 것을 연구하여 교통사고를 조금이라도 줄이고자 하는 것이 교통심리학이다.

운전면허를 갖고 있는 사람이라면 누구나 치른 적이 있을, 교습소 등에서 행하는 '운전적성 테스트'도 실은 교통심리학자가 중심이 되어 작성한 것이다.

테스트를 받음으로써 운전자가 자신의 운전능력이나 약점을 알게 되어 미리 신경을 쓴다면 다소나마 사고빈도가 줄어들 것이다. 이렇게만 된다면 이 테스트의 성과는 크다고 할 수 있다.

한편 수많은 운전자의 검사자료를 분석함으로써 시대에 따른 운전면허 취득경향이나 특징 등도 파악할 수 있으며, 보다 효과적인 교통교육이나 안전대책도 마련할 수 있다.

　이처럼 교통사고를 심리학적인 면에서 분석할 때 사고자료만을 수집하는 것은 무의미하다.

　중요한 것은 보행자를 포함한 사람들이 어떻게 도로를 이용하고 있으며, 도로의 상황이나 환경이 어떻게 달라지고 있는가를 확인하는 동시에, 이에 관련된 여러 가지 점에 대해 관심을 기울이면서 관찰, 실험, 조사를 되풀이하는 연구이다. 그리고 이 연구결과를 사회에 빨리 반영시키는 적극적인 노력이 무엇보다도 중요하다.

　이를 위해서는 교통심리학자가 경찰이나 도로교통단체, 건설교통부나 자동차회사 등과 제휴하면서 연구를 진행시켜 나가는 것이 좋을 것이다.

　자동차라는 선진문화가 사람을 위협하는 흉기가 아니라 생활을 편리하게 만들기 위한 수단이라는 의미에서도, 앞으로의 교통심리학에 대한 발전에 큰 기대가 걸려 있다.

직장에서 활용하는 심리학

◆ 사회심리학, 산업심리학

"자네! 요즘 힘이 없어 보이는군. 무슨 고민거리라도 있는가? 웬만하면 내가 의논상대가 되어 주지!"

상사가 부하에게 힘을 불어넣어 주는 것도 하나의 직무이다. 그리고 이것도 하나의 심리학을 실천하는 예이다. 즉, 부하의 고민을 들어주는 것도 카운슬링의 일종이라고 할 수 있다.

다양한 현대 사회는 스트레스를 비롯하여 심신의 부조화를 호소해 오는 사람들이 폭발적으로 늘어나고 있다. 이와 같은 상태에서는 일에 대한 능률도 오르지 않는다. 또 동료나 상사가 어떤 성격의 소유자인가를 관찰하여 이에 대응하지 않으면 절대로 인간관계에 성공할 수 없다. 이와 같은 직장에서의 인간관계 전반을 다루는 것이 사회심리학이다.

또 직장 내에서 사기를 높이거나 리더십을 발휘하기 위해서 어떻게 하면 좋은가라는 심리적인 면의 과제도 있다. 그리고 신입사원을 단시일 내에 효율적으로 훈련하려면 어떻게 해야 좋은가라는 것도 심리적인 접근이 필요하다. 특히 신상품을 판매함에 있어서 시장조사를 하거나, 소비자의 행동을 연구하는 마케팅 리서치(Marketing Research)도 역시 심리학의 일종이다. 이것들은 모두 산업심리학 분야에 포함된다.

또한 경영자나 관리자라는 지위에 있을 경우 경쟁이 치열한 비즈니스 세계에서 살아남기 위해서는 경영 전반에 걸쳐 고뇌하지 않으면 안된다. 이런 측면에서 소비자 선호이론 등 경영심리학도 필요한 것이다.

이처럼 심리학은 직장의 모든 분야에서 활용할 수 있다.

심리학통이 되는 책

Big Pen & Psychology Institute 지음
신영백 옮김
초판 1쇄발행 1997年 7월 28일
　　11쇄발행 2003年 9월 20일

펴낸이/ 박경일
펴낸곳/ 한국산업훈련연구소
등록번호/ 제 1-256호
등록일자/ 1978년 6월 24일
주소/ (130-824) 서울시 동대문구 용두동 755-21
전화/ (02) 2234-4174~5
팩스/ (02) 2234-6070

값 7,500원
ISBN　89-7019-144-5